chu mo li shi de xi jie

触摸历史的细节

高维生　著

内蒙古出版集团
内蒙古文化出版社

图书在版编目(CIP)数据

触摸历史的细节 / 高维生著 .—呼伦贝尔 : 内蒙古文化出版社，2014.7
ISBN 978-7-5521-0685-5

Ⅰ. ①触… Ⅱ. ①高… Ⅲ. ①随笔 - 作品集 - 中国 - 当代 Ⅳ. ① I267.1

中国版本图书馆 CIP 数据核字 (2014) 第 144847 号

触摸历史的细节
CHUMO LISHI DE XIJIE
高维生 著

责任编辑 丁永才
装帧设计 张向军

出版发行 内蒙古文化出版社
地 址 呼伦贝尔市海拉尔区河东新春街4 - 3号
直销热线 0470 - 8241422 邮编 021008

排版制作 北京鸿儒文轩文化传播有限公司
印刷装订 三河市华东印刷有限公司
开 本 710mm × 1000mm 1/16
字 数 124千
印 张 18.5
版 次 2014年8月第1版
印 次 2022年4月第2次印刷
印 数 8001—13000 册
书 号 ISBN 978-7-5521-0685-5
定 价 52.00元

直面真实与大地

高维生

历史是一个沉重的大词，面对它的时候，扑来复杂的人与事。我们从文献中读到的史料，和来到发生地进行实地考察的感知不同。时间的变迁，世界发生很多的变化，“野地”失去野性，历史的痕迹消失不见。寻不到当年的情景，只有人们的口耳相传，资料上的记载，形成感受和想象的空间。地理学家唐晓峰说：“思维不是背诵，思维要把死的东西变活。古人认为活的东西都有‘灵’，孔子说‘山川之灵’可以纪纲天下，他是把山川看活了。现代地质学家把亿万年的岩石看活，地质学家则帮助人们把山川、大地、城乡、废墟、西风古道、穷乡僻壤统统看活，看出它们活灵活现的本质。”唐晓峰提出的“活”字，这是核心字，是放射性的事物源。“活”字有了生命的气息，血脉的流动。我们重新走进历史，在文献中排沙拣金，闻书卷中的时间的味道，也嗅到活的气味。

2013 年，我来到了敦化实地考察，在书房中，坐在椅子上，读到的志史资料中，都是历史的碎片，文学想象构筑的场景，缺少真实的东西。哈尔巴岭在我的记忆中是一个符号，二十多岁离开家乡，我随同父母迁往遥远的山东。火车经过哈尔巴岭，那时只知道，这是一道岭，不了解过去的事情。读了大量的资料后，唤起我的全部想象，盼望登上这道山岭。历史是由人创造的，有了人什么都活起来了，我找到依克唐阿将军，坐标似的人物。通过他的踪迹，走进哈尔巴岭的历史。

我来到哈尔巴岭上，赶上下一场小雨，冲掉秋天的干燥，荒山野岭上，灰色的调子，还有一点儿沉重的气息，历史的痕迹消失，只有脚下的道路还是原有的古驿路。历史学家王笛在他的《茶馆》书序中说：“新文化史和微观史使我们从宏大叙事转到日常取向。考察历史的角度和方法，经常因史家的历史观而异。”王笛指出解读历史的思路，日常生活的琐事，潜藏历史的痕迹，将它们串在一起，形成大的历史。通过依克唐阿的踪迹和古驿路，揭示地缘文化、历史事件，实地情景的考察，复活文献上的历史，寻出历史中的“裂缝”。断裂与痛苦，促使我沿着发生过的事情，查找人的踪影。

美国文化地理学家索尔特别关注道路，一条古老的驿路上，走出人物，有了器文化的载体，驿路上，主要的运输车辆叫什么名字？是什么人赶的车？荒野中唱的是什么小调？穿的是什么衣服？这种车的显现，带来的是它的文化血脉，我无意中在一堆资料中翻阅出，当时跑在这条路上，运输使用的是趟子车，它还叫毛子车。老爷岭的山脚下，我遇到林场老职工张玉明，他挖了几十年的“棒棰”，是那一带有名的跑山人了。他家的柈子垛上，倚着三根木棍，从一根棍子能看到自然环境复杂的多变性，深藏的文化重量，它和人及其地缘的关系。作家应当是“锔锅匠”，用思想和情感铸造的锔子，修补历史的裂痕，复原人文地图。

我们读的史，大多立在纸上，是依靠文字记录下的事迹。了解时代的背景，引导感知和意识进入历史，调动文学的想象，注入现代的元素，发挥出一篇文章。有的干脆拣出历史中的名人逸事，串联矫情的词语，打上“真实”、“非虚构”的标签。他们不肯花大力气，去做实地考察。

过去的就是记忆，人事物事藏在时间中。如果要了解一段地缘，一个区位，必须通过人的事迹，分析他们在这里生活过、奋斗过的行为，遗下的经验形成的文化。从静的时间里，解救出人的踪迹，这样才能复原历史。

张柠撰文说：“不再是政治图解，或语言游戏，而是回到了伟大平庸的尘世，以表现琐碎的日常生活为己任，消解实验小说与读者之间的紧张关系。它用对民生疾苦的抚摸，对非中心的关注，对陌生经验的讲述，对常识的打破等方式，来表达了文学本应具有的风骨。”张柠以文学评论家的眼光，剖析非虚构写作的本质。非虚构写作不是历史的填空题，它是源自于生命的真实，不是生活的场景记录，不是游记，不是纪实体，不是报告文学，它是在新文化史、微观史、人类学、考古学、民俗学、民族志、人文地理等学科的支持下，摆脱意识形态的渗透、虚伪的宏大叙述，形成新的写作方法，还原文学的本质，脱离复制的回归。多维的骨架结构，通过文学的叙事描写，再现非虚构的文体，写出历史中的“踪迹”。

2013年5月4日于抱书斋

目 录

卷二　历史依然在那里

历史是什么？是过去传到将来的回声，是将来对过去的反映。

——维克多·雨果

卷一 > > > > > >

这样一种寻找

历史的真实，不是凭资料和想象出来的，评论家所说的“历史现场”，道出田野调查对于写作者的重要性与必要性。

荒野中的塔拉站

暴风雪中的塔拉站，显得那么无奈，雪被风吹得四处乱舞，越落越多。奔跑一天的马儿，躲在棚子里，无胃口地吃槽子里的草料，蹄子踏得地面作响。那盏油灯下，火焰笼罩出一团光，窗纸上映出的剪影，与户外的狂风暴雪，形成巨大的反差。吴大瀓坐在热炕上，沉浸在文字中，饱吸墨汁的笔，在宣纸上，留下一个个的文字，就是我多年后读到的诗。

夜晚读吴大瀓在古驿路上的经历，在他的诗中来到塔拉站。这个和我无一点儿联系的驿站，如同吴大瀓笔下的暴风雪，和奔驰的马爬犁一般，闯进我的视野里，在忙乱中接待它。朋友从网上发来一幅驿站的图，这是《清俗纪闻》书中的插图。中川忠英曾经是长崎的地方长官，他主持调查、编辑出版《清俗纪闻》。到长崎进行贸易的清朝商人，被他们作为调查对象，内容广泛，记录详细。除了有大量的文字记载，还雇用一批画工，在

驿站图（中川忠英《清俗纪闻》）

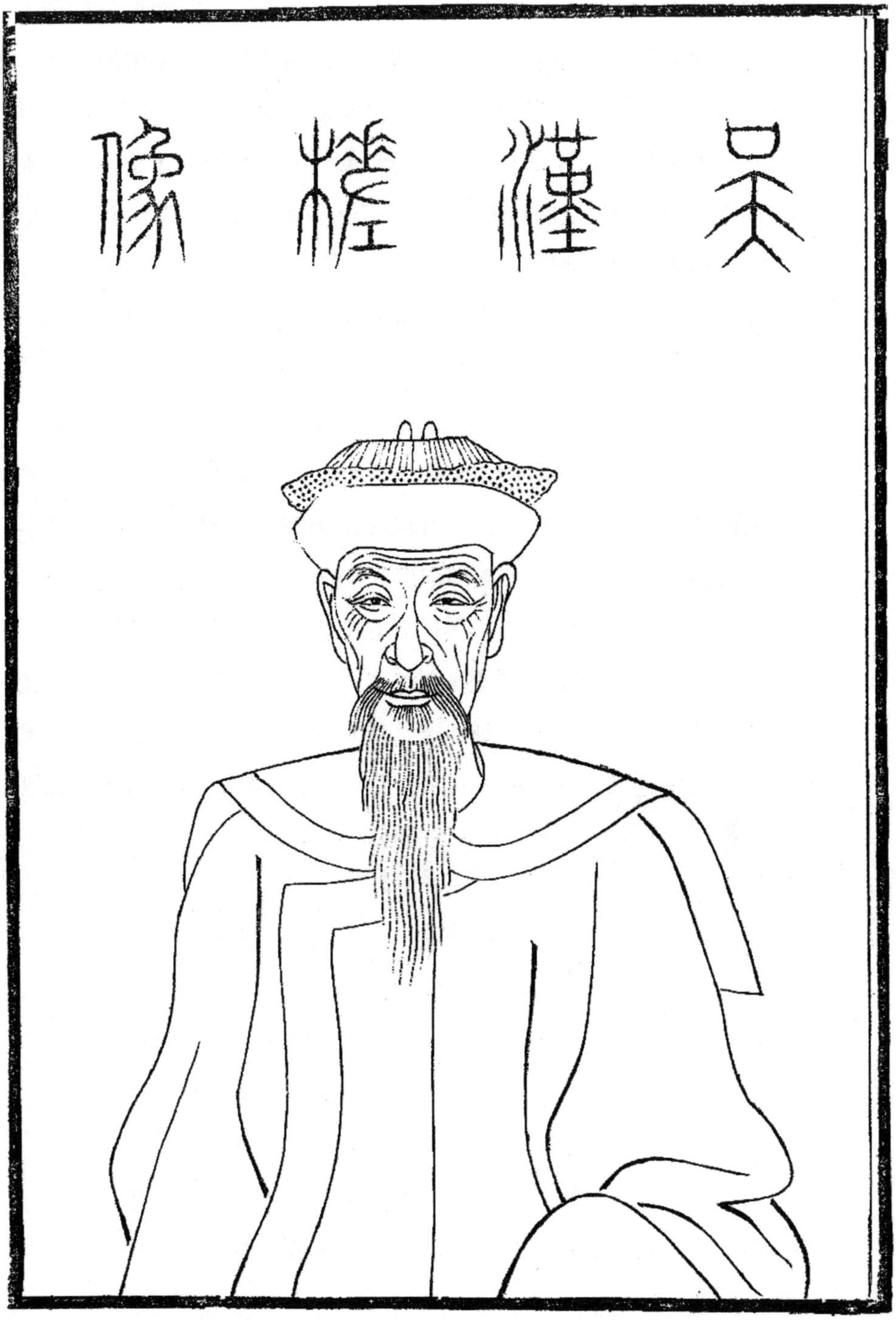

吴兆骞像（顾沅《吴郡名贤图赞传·卷十七》）

清商人的描述下，绘制出各种事物的图像。这是我第一次看到驿站的全貌，它和想象中的不同，文字和图像不断地碰撞，创造新的想象中的驿站。作家张承志在日本生活过一段时间，他去过长崎，他在文字中写道："但一旦来到长崎，人们又会惊奇它与自己的距离。唯它与中国才是一衣带水；它与浙闽东海台澎金厦之间地理的临近，给人开眼的感觉。"① 可见历史上的长崎对中国商人的重要性。

雨细致绵密，一潮潮地扑来，我拉开窗帘，注视玻璃上爬满雨滴。眼前浮出吴大澂写诗的情景，2013 年 6 月 17 日，我将去长白山参加"首届汉语非虚构高峰论坛"，有机会去敦化，看吴大澂写诗的地方。

我打开台灯，看到跌落的书躺在地板上，书中露出半截书签，只要翻开书，就能读到吴大澂行走古驿路的诗，抖落积落的尘封，回味每一个字，耐心地打量那段往事，凭着"侦探的推理"，依靠蛛丝马迹，揪出往事的真相，让尘封的人物，重新鲜活起来。在过去的东北驿站，这里条件艰苦，前不着村，后不着店，大多坐落于荒僻野岭之处，数十里遇不到人烟。野兽出没，乱时又闹匪患，驿路上发生不测，这是常有的事情。驿站一般是泥草屋，后来大一点儿的驿站，才建起砖瓦房。驿站是独立体，给人们太多的想象的空间，编造的故事，充满吊人胃口的悬念。

> 把这些历史的碎片拼接起来，就既模糊又清晰地构成了东北古驿站的一幅剪影。以后，知道与搜登站不甚远的金珠鄂佛罗（今吉林市郊的金珠乡）、额穆（今蛟河市天岗）、拉法等都为清代的驿站。沿着贯通大东北的古驿路一站一站地走下去，在历史的流变中感受尤深的是历史的沧桑。东北的驿路，历经辽金元明清，几经变迁，同东北的山河一样，山苍苍，水茫茫，多的是荒莽，而少温煦的灯火和浪漫的诗情。没有蓝桥驿书生裴航与云英一见钟

① 张承志著：《敬重与惜别——致日本》，第 68 页，北京：九州出版社，2013 年版。

情的爱情绝唱，没有红拂、李靖和虬髯客那种既多豪气又富风情的英雄故事，也没有元稹、白居易那样令后世渴慕不止的驿壁唱和。“蓝桥春雪君归日，秦岭秋风我去时。每到驿亭先下马，循墙绕柱觅君诗。”“往来同路不同时，前后相思两不知。行过关门三四里，榴花不见见君诗。”白氏为元稹的驿壁题诗，雅意高情，千古之下都让人感怀长叹。诚然，东北的驿路也走过不少诗人词家，如纳兰性德，如吴大澂……可走过更多的是遭贬抑迫害的流放文人。踉跄的步履中，他们的诗作，和东北的山川、东北的历史一样，烈烈地透着一股子冰河的霜冷。这里是流放者的土地，自然的荒寒更衬托着专制的严酷施威助虐。①

1886 年 2 月 22 日，定格在时间中，这个普通的日子，长白山区大雪封山，滴水成冰，飞鸟几乎被冻僵。人们坐在热炕头上，围着火盆唠嗑，不愿意出门乱串，而吴大澂却在驿路上奔走。吴大澂是江苏吴县人，喝着江南水长大，他生于 1835 年，字清卿，号恒轩，又号窸斋。清同治六年中进士，历任编修、陕甘学政、河北道、左副都御史、河道总管、湖南巡抚等职。曾受命帮吉林军务、督办吉林三姓、宁古塔、珲春防务兼屯垦。吴大澂是清末金石家、文字学家，他还善于画山水、花卉，《梅花图》被故宫博物院收藏，《俞楼图》藏于北京俞平伯故居古槐书屋。1943 年由商务印书馆出版的《晋唐五代宋元明清名家书画集》，收录吴大澂的《匡庐瀑布图》。吴大澂精于篆书，后将小篆与古籀文结合，功力甚深，形成独特的艺术风格。

1886 年，吴大澂受命赴吉林珲春，与沙俄代表查勘边界，写下《皇华纪程》，以日记的形式，记录赴珲春时的沿途见闻。吴大澂此次谈判据理力争，签订勘界议定书《中俄查勘两国六界六段道路记》，收回黑顶子要隘，收回

---

① 高振环著：《驿路沧桑——东北驿站故事》，《东北史地》，第 90 页，2007 年，第 3 期。

部分国土，使中国船有了图们江口的出海权。黑顶子坐落图们江下游的北岸，自古以来为中国领土。这块地方被沙俄侵占后，设立俄国的哨卡，招朝鲜的流民过来开荒种地，“若不及早清理，珲春与朝鲜毗连之地，大半为俄人窃据”。吴大澂上奏朝廷，同时派胡传带人做深入地调查，一方面与俄人交涉。从宁古塔去黑顶子的路途上，胡传一行人，翻越老松岭时“中途遇大雪，失道误入窝棘中，绝粮三日不死”。迷路的时候，他们凭在山林中的经验，找到一条溪流，跟水顺山而下，终于走出险境。他们为吴大澂谈判的成功，掌握了第一手材料。后来，在珲春黑顶子山国境线上，吴大澂立下一根铜柱，高约十二尺，刻有他亲自书写的篆文：“疆域有志国有维，此柱可言不可移。”这根铜柱是国界的标志，也是不可侵犯的。他由吉林行往珲春时，途经额穆西的张广才岭，以及额穆赫索罗站、塔拉站、毕尔罕站等处，在疲惫的行程中留下诗句。6月初的鲁北平原，热气一排排地涌来，不给风留下一丝缝隙。上午九点，我将资料摊在地板上，坐在上面读《皇华纪程》。窗外的汽车声撕扯阅读，将我从古老的驿路上拉回到现实中来。而二月的东北边疆，正是最寒冷的季节，吴大澂身上挂满风雪，穿行在荒凉的驿路上。他在日记中写道：

> 二十日，行二十五野到凤凰店，尖。韵松、芷帆、文伯、锡安亦于午前赶到，不相见者四日矣。又行十五里至塔拉站，宿。得诗二首：
>
> 行旌历尽厂东西，偶触吟情信笔题。
> 风土犹存唐俗俭，又双马拉一爬犁。
> 闲游人似打包僧，晓起餐风夜宿水。
> 只为萍踪漂泊惯，一生衣食寄行滕。[①]

① 吴大澂著：《皇华纪程》，第307页，长春：吉林文史出版社，1986年版。

1886年2月22日，大风雪的日子，落日从森林的梢头滑落，夜色渐浓，野狼的叫声，被清寒冻得绝望。在冰天雪地中奔波一天，吴大澂与随行的人员，终于来到塔拉站。爬犁停在院子中，卸下疲惫的马匹，关进牲口棚中，一行人住进塔拉站里。烟囱冒出的炊烟，让跑了一天的人，感受温暖的扑来，热水洗去一路的倦尘。盘腿坐在热炕上，户外风吹雪打，森林中传出枝椏的响动，它们形成强大的阵势围攻驿站。吴大澂是一个大官，但他同时又是诗人，笔墨是行走中的重要伙伴。一路上所遭受的劳苦，自然不必说了，但对北方边陲的独特风光，心中的感受不一样。人烟稀少，熊嚎虎啸，树木阴天，荒蛮的景色，难免充满凄凉之感。诗中写到的爬犁，这种运输工具，最适合在风雪路上通行。吴大澂从吉林出发，一路坐在爬犁上，顶风冒雪地赶路。在冬天户外长时间行走，穿“靰鞡”，打“行滕”是简朴而有效的装束。吴大澂坐在桌前，伴着山野中的大风雪，写下一首诗，表述当时的心境。

2013年5月，我精心策划方案，设计每一处细节。6月准备又一次进入敦化，寻访吴大澂诗中的塔拉站，还有流传的《塔拉站黄站官的故事》，我觉得他们离得那么近。

雨打在窗玻璃上，我睁开眼睛，睡意全部跑掉。

我侧起身子，将脸朝向窗子外，伸手的时候，无意碰落床头上的书，它从高处往下坠落，掉在地板上。沉闷的响声，一层层地荡开，推向黑暗中的角落。它和雨滴制造的音响，彻底地推翻睡眠的世界，清除所有的睡意。

二

2013年6月22日，“首届汉语非虚构高峰论坛”结束，从二道白河出发返回长春。经过两个小时的行程，9点30分，大巴途经敦化，停在翰章广场，我和当地的文友下车，将和参会的作家朋友们告别。

我带着旅行箱，留在敦化进行田野调查。我被安排在金茂酒店408房间。从13号离开滨州的家，在旅途中奔波，杨晓华和刘德远几天辛苦接待会议的作家们。大家商量当天下午，各回各家休息一下。我想趁这个时间，清洗随身换下的衣服，研究行动路线，合理地安排此行。

午饭吃得简单，送走文友们，回到房间里，找出所要洗的衣服。一阵忙碌之后，一件件洗干净的衣服，挂在衣架上，吊在洗手间的横架上。躺到床上，翻开《大德敦华》，中午在桌上吃饭时，小天热情相邀明天去雁鸣湖，那是她单位的所在地，她对当地比较熟悉。我去年来敦化认识小天，我们是老朋友。我对雁鸣湖的印象，缘于作家张笑天的小说《雁鸣湖畔》，他和我父亲是朋友，七十年代新书出版，那时我家还在延吉，他送给我父亲一个签名本。雁鸣湖湿地是国家级自然保护区，水资源丰富，当地有一种说法，“一江、十三泡、鱼米之乡、塞外江南”。雁鸣湖原名叫大嘴子山，我喜欢这个名字，这块土地历史悠久，曾发现新石器时代的遗迹，渤海国公主墓迁移时遗留下的二十四块石。雁鸣湖是牡丹江干流，位于镜泊湖上游，水质清澈，盛产淡水鱼，品种达三十余种，栖息丹顶鹤、大雁、野鸭、鸳鸯等珍贵的鸟类。塔拉站和二十四块石是我想去的地方，我阅读资料中，不放过每一处写它们的文字。吴大澂笔下旅途的艰辛，使我无论如何，一定到塔拉站，感受当年的情景。古驿路随着时间的变化早已被破坏掉，但路上发生过的人与事，还鲜活地存在历史中。当我们读完散发霉味的档案资料，来到事件的发生地时，现实和历史发生化学的变化。只有天空和大地，还是过去的真实，在现实和历史之间，我们将历史的碎片缀缀起来。

塔拉站，是清代吉林通往宁古塔驿路干线上的一个驿站。位于敦化市大山嘴子乡所在地西北，现为居民点塔拉站村，它坐落于塔拉泡上游沟谷中。这条沟谷，呈西北东南走向，东西两面是高山，谷底 1.5 公里许，东南 9 公里是塔拉泡。

塔拉，有的文献称作“他拉”，系满语，都是一音之转。《额穆县志》载，塔拉为旷野之意。日本羽田亨的《满和辞典》解释为野路的意思。

《吉林统志》记载“东路意气松，他拉为二小站，未设笔帖式，归邻站笔帖式兼署”。关于站内人员配置，也有记载，“小站壮丁十五名至十名”，“大小站额设牛马亦如壮丁之数”。

《吉林通志》载：“塔拉卫，明永乐五年（公元1407年）置。”属于奴儿干都指挥使司统辖下的军事单位之一。到了清代时，塔拉站属于额穆赫索罗佐领辖区，它位于额穆赫索罗站东北方，相距40公里。地方虽较荒远，都是必经之路，犹如咽喉一般。①

敦化境内有六处古驿站，听到塔拉站的名字，就想到古驿路上曾经的景象。读过吴大澂的诗，塔拉站笼罩神秘的色彩。

在饭桌上，小天说可以叫一下盖大姐，她是雁鸣湖畔的活地图，六十多岁的老人，写了很多的民间故事，吴大澂、塔拉站、盖大姐形成主线。窗外的文化广场，不时传来二胡拉的老歌：《映山红》《南泥湾》《谁不说俺家乡好》《革命人永远是年轻》《边疆泉水清又纯》。琴声穿过空间，飘进酒店的房间里。一个人真有耐性，一首首地拉老歌。这肯定是一位退休的老人，在琴声中追忆过去，述说曾经的事情。杨晓华临出门时说，广场上很热闹，都是老人的自娱自乐，可以去看一下。

我在琴声中有了睡意，不知时间过去多久，是一阵敲门声，将我从睡梦中叫醒。睁开眼睛，带着睡意应答一声，广场上的琴声还在响。打开房间门，看到杨晓华从家中赶来，陪我一同去吃晚饭。

① 敦化文物志编委会：《古驿站》，引自《敦化市文物志》，第90页，内部资料，1985年版。

三

看到六十多岁的盖大姐，给我一种惊讶，她穿着蓝色印白花的短袖上衣，配一条黑长裙。这一套装束，看来盖大姐精心挑选过，表现她内在的气质。传统蓝是我喜欢的颜色，祝勇写过《蓝印花布》，他在文中说：“蓝，越旧越美。对于许多颜色来说，时间的累积只能增加磨损，令它们显得衰败不堪。旧蓝则更有味道，恍若陈酒，或老去的亲人。”[①] 盖大姐的老蓝衣服，漫出时间的表情，牵出沉在脑子里文字的描写。塔拉站正如祝勇说的蓝印花布，随着时间的流逝，古驿站长满岁月的苔藓，在一年四季的变化中，越来越珍贵。

1946 年 8 月，是东北最好的季节，这是前苏联红军解放东北的第二年，盖大姐出生了。她回忆母亲时说：“我的母亲，身高一米六五，是个和蔼可亲的老人，为人豪爽，办事麻利，有男人一样的胸怀和体质。”关于父亲的事情，她听母亲讲述很多，他的父亲叫盖景章，是河北赵县人。当年因为家乡闹灾和战乱，投奔在当时叫“船厂”的吉林老乡。闯关东那年，她的父亲只有十六岁，一路上吃尽苦头，靠乞讨和吃野菜勉强活下来。有一天，碰到一群说不清是兵还是匪的什么人，四处抓人。他父亲和老乡被冲散，只好自己沿着铁路线继续向前行走。后来他来到敦化黑石乡，给一个刘姓的大户人家扛活，在此地安顿下来。

盖大姐热情、爽快地答应做向导，她生长在雁鸣湖，对当地的环境熟悉。她又是个民俗学家，对于这一带的人文地理、民情风俗了如指掌。小夭请来盖大姐，是一件正确的事情。我们在雁鸣湖不需要地图，到处询问行走的路线，更不用翻资料，去读僵硬的文字。

---

① 祝勇著：《蓝印花布》，引自《江南：不沉之舟》，第 81 页，北京：中国文联出版社，2009 年版。

空荡荡的苞米楼子

屯子口的小路

越野车开出雁鸣湖镇，行驶在乡村路上。车子沿着塔拉湖行走，塔拉是满语的称谓，它的大意是沼泽地之意，塔拉湖位于牡丹江北岸的塔拉河口。湖中盛产鲫鱼、鲤鱼、胖头、狗鱼、嘎牙子等。塔拉湖流淌在一条沟谷中，四周是绵延的山峰，湖水清澈，波平浪静，山色水光，构成独特的地理环境。盖大姐生活在雁鸣湖边，是土生土长的农村人，亲眼目睹家乡的各种变化。盖大姐注视车窗外，介绍雁鸣湖的人文历史和丰富的物产。她说湖是个宝，“鱼过十层网，网网都有鱼。”盖大姐的一句话，讲出塔拉湖的品牌形象，不是凭想象能编出来的。盖大姐的话，富有语言的煽动性，将我们的情绪推向渴望的高潮。

车子暂时离开塔拉湖，在土路上颠簸，车窗外是无边的玉米地。盖大姐不假思索地说，找老村长黄金库，他是当地的老人，了解塔拉站的人情世故。老村长是盖大姐丈夫的朋友。2011年9月，拍摄的电影《雁鸣湖之恋》，有很多镜头取自塔拉站村。这是一部描写敦化长白山满族及其民俗文化的本土电影，盖大姐和老村长客串群众演员，在塔拉站村的一所老房子前，扮演老两口子，并同群众演员合拍过一张全家福。

寻访塔拉站，如同在编写剧本，一个人物的出现，挑起的悬念，带来一段故事。车子进了塔拉村，我有些疑惑，漫天的风雪，大自然的荒凉，全是文字的记载。一条不宽的水泥路，从村子这头通向那一端，路边是现代化的路灯。农家小院不是柈子垛，而是由加工好的铁网组合成，古老的乡村加速地消失。车子停在村路中间，盖大姐去看拍电影时的房子，她还要找到老村长。路边有一个苞米楼子，现在空荡荡的不装一点儿东西，只有它还能看到满族文化的影子。我站在苞米楼子前，透过栅栏的缝隙，目光在里面浏览。原生的木质受过太阳光的照晒，风雨的淋漓，从内往外散发出温暖。秋天收获的玉米棒子，从地里运回装在这里面，粮食的香气渗进木质中。古老的贮藏粮食的木结构的小房，一直延续到今天，以后还会传承下去。

我来到塔拉村，阳光毒辣的天空下，被晒出汗水，手触摸苞米楼子，在想象中复原过去的细节。苞米楼子不是刻意设计的，它是生活经验积累的体现，漫长的时间中人们不断地发现，总结出简单而适用的木楼子。透过栅栏的缝隙，我看到村子的一角，水泥路上，有一个中年男人背着孩子走过，一辆喷洒农药的拖拉机，突突地跑去，后面挂着大白塑料桶，上面支起几个喷头。古老和现代在乡村冲撞，争夺每一寸属于自己的地方。盖大姐在她的书稿中写道：

现在的塔拉站村，距离雁鸣湖镇有三十多公里，那里周围是群山环绕，中间是一块平原，塔拉河水由此流入塔拉泡，它是大山水库的前身。在历史上，在清朝，这里是吉林通往黑龙江宁古塔的官方驿道，塔拉站是干线上的一个驿站。“塔拉”是满语‘旷野’，理解为‘大草甸子’。很早以前，是一大片荒草甸子，里边生长着大片的小叶张草，有小小的塔头上长满了靰鞡草。那时的满人是过着游牧生活，脚上穿的是兽皮缝制的靰鞡，用砸软的靰鞡草裹在脚上，再穿上皮制的靰鞡，走起路来，又轻快，又暖和。不冻脚，也不伤脚，一双皮靰鞡可穿八到十年。

盖大姐从远处回来，身旁多了一个老人，不用多猜测，肯定是她说的老村长，但有一件事情的发生，是我所料不及的。

老村长和盖大姐的年龄差不多，他体现北方男人的风格，说话嗓门大，直来直去，有啥说啥，不绕一点儿弯子。他身上散发酒气，不是什么节假日，大清早把自己喝醉。我们握过手，寒暄一番后，老村长说：“什么都没有了，不如不看，当年的塔拉那叫气派，是到宁古塔的必经之路，商人云集，喧闹非凡。”老村长已经醉了，说话时手不停地乱舞，一谈到塔拉站，他的眼睛里有异样的光出现。我问塔拉站的具体位置，想听他讲一讲有关的故事。老村长的回答，出乎我的意料，将脑子里删得一片空白。他说：“塔拉站离这还有十几里路，那地方有什么可看的呢？就剩一块破碑了。”我

遗失荒野中的辘轳头

塔拉站的遗址

塔拉村的村民

好心的村民指引方向

作者站在孤单的碑前

历史上的情景消失，现在变成庄稼地

老村长黄金库，坐在树桩上讲历史

左起刘德远、高维生、杨晓华，在塔拉站村

不知怎么说服老村长，盖大姐和他是老朋友，经不住几句好话的相劝，他骂骂咧咧地同意了，自己拉开车门，坐上越野车。

车子离开塔拉站村，老村长指引行车的路线，我递给他一瓶矿泉水，老村长说一声谢谢。

通往塔拉站的乡村路，高低不平，颠簸中我抱紧相机。车窗外，一棵桦树长在大地的中间，蓝天下是玉米地，我选择辽阔形容这片土地。我不是“小女人式”的怀旧情绪，不辞几千里的路程，来拍几张照片，站在遗迹上，抒发几句伤感的小情调。

塔拉站是遗迹，但不是旅游者的胜地，不是名人的诞生地，其原有的历史价值被人们遗忘，得不到应有的尊重和保护。它躲藏在东北大地的深处，山峰、湖水、大地将它隐匿起来，任凭风吹雨打，在一年四季的变化中磨损，自生自灭是它将来的命运。只能用荒凉和无情来解读，塔拉站是历史的遗迹，史学家在研究这段历史时想起它，就再也没有人念叨。

车子不能往前走了，必须下来穿过前面的树林，越过那条小溪水，才能看到塔拉站。老村长在前面走，我跟在后面举起相机，拍下他行走的背影。过了那片树林，看到空旷的大地，有一个倒地的石碑，还有两个枯干的树桩子。老村长指着它们说：“那就是塔拉站的旧址，看不到什么了。”我不知道怎么走过去，是先迈左脚，还是先迈右脚，或者狂叫而去。这百十米的距离前，一堆不起眼的东西，填满被我想象留下的空白。大地的空间，残破的建筑保留丰富的历史气息，它们形成的气脉，就是历史的踪迹。塔拉站在阳光下被消解散伙，我调整情绪，梳理读过的资料中的景象。当时驿站是个繁华热闹的地方，有很多间房屋，经过多年的耕作遭受破坏，地表面不再有太多的残迹。现在满眼是庄稼地，一棵棵绿色的玉米，在阳光下精神地生长。

金茂酒店 408 房间里，我又一次读《塔拉站黄站官的故事》，黄站官是传说中的人物，故事的精确度得不到证实。但我还是相信，因为这是人们的美好的愿望：

“笔帖式”老百姓称为站官，虽然没有品级，属未入流的官，但在老百姓的眼里还是了不得的。关于塔拉站的站官，曾有过一段颇具戏剧性的故事。据现在敦化市雁鸣湖镇的老黄家人讲，在清朝的时候，塔拉站一个站官已经很老了，按例他的儿子可以作为接班人的首选人物，只是这个儿子由于娇生惯养，不太成器，一天天游手好闲，读书读的不好，习武也习不进去，长得也很瘦弱。吉林将军衙门叫他赶快去面试，老站官心里没底，所以拖了又拖。后来追急了，老站官便下工夫地对他调教了一番，千叮咛万嘱咐，并且选了一个精明的年轻的姓黄的站丁为他赶爬犁，送他到吉林衙门。他们到了之后，吉林将军就立刻召见了他们。老站官的儿子一进衙门，吉林将军一见他那细高瘦弱、两眼无神的样子便很不悦。向他问了站上的一些情况，老站官的儿子平时从不经心，所以答得吞吞吐吐，驴唇不对马嘴。尽管吉林将军有将就之意，便总觉得这样的人如果当上了站官岂不误了大事。若是耽误了朝廷文书的传递，那可吃罪不起。刚想叫站官儿子退下，责令回去，速速再派候选人来，忽然看见跟在站官身后，一个身穿站丁服装的年轻小伙子，长得膀阔腰圆，浓眉大眼，显得很有生气。便问道：“你是何人？”那站丁听了，立刻上前，跪下答道：“回老爷话，小人姓黄，是塔拉站站丁，今为少爷赶爬犁，随着到了老爷这里。”吉林将军听他回答口齿利索，便很高兴。接着又问了一些站上的事，那姓黄的站丁，更是知无不言，答得清清楚楚。吉林将军非常高兴，连连点头，说道：“你挺不错，可愿听从本将军指使？”姓黄的站丁听了，立刻叩头，答道：“小人愿为将军效犬马之劳。”吉林将军不由得哈哈大笑说：“好，塔拉站站官由你当了。”随着又对老站官的儿子说：“回去时候，由你赶爬犁，好好侍候新站官。”①

我是写作者，来到塔拉站前，可以接着续写新站官上任后发生的事情。风雪弥漫的驿路上，往返中的马拉爬犁，发生重大的变化。来时坐爬犁的主人，现在成为牵爬犁的仆人。主人公当然是统治这个站的新官儿。其实不必再去编老生常谈的故事，我所想的是他上任的时候，接待过吴大澂么？那盏灯下写的诗，墨迹不干，是否他比别人早读到了？风雪夜吴大澂躺过的热炕，是他吩咐哪个站丁做的，还是他亲手烧热的？在塔拉站村是否有他的后人，在延续家族的血脉？

老村长坐在树桩上，一句话不说，两眼注视前方。这是一个百年树桩，满族人认为树是发财的地方，井是青龙。有井必须有树，这块中间带圆孔的长条石，盖大姐说是辘轳头，穿在轴上一根短圆木，上绕绳索，环绕其固定轴而转动。碎瓦、树桩、残碑，它们杂乱地堆在一起，构成大地上的地图，我听到时间断裂的声音，发出沉闷的响声，溅起的声波，向大地的深处映射。我在田埂间行走，躲过茁壮成长的玉米，泥土的颗粒，钻进登山鞋中，皮肤感受到硌得疼痛。我对抗它们，不想在古老的地方脱掉鞋子，倒出小泥土粒。我向前方那堆残迹走去，坚信自己准备已久的调查方案，萃取所需要发现的踪迹。

我变成冒险者，在不可能的情况下，依然相信有过的人与事，挖掘到他们的影迹。历史被时间淹没，也被人们痛快地丢弃，只有遗迹铺在大地上，每一块残砖、碎瓦渗进阳光和泥土的纤维，这就是人们习惯说的“历史”。我来到另一堆砖石前，我们在阳光下对视，算是亲热地打招呼。留下的可怜遗迹，还是向我传达出信息，每一个遗物中，藏有不被人知道的秘密。它们和历史紧密相连，记忆中存下那时的情景，它不说出来，别人很难破译。

① 李建树整理：《塔拉站黄站官的故事》，引自《大德敦化》，第251页，内部资料，2005年版。

那块残碑上的字迹，被风雨淋漓得模糊，它平倒在地上，面对广阔的天空，诱发我的想象。若干年后，我凭着想象和感受，走进塔拉站，推开厚重的大门。我受到站丁的热情迎接，注视陌生的环境，在这空间中，历史和现实相遇，它们交谈起来，倾听对方讲述。我每次做田野调查时都要戴棒球帽，因为我的眼睛怕强光，伸出的帽檐，减弱光的刺激，它也能保护脑袋不直接受到暴晒。今天我从酒店出来，忘记戴帽子，阳光钻到头发里，渗进脑子里。我被晒得神志恍惚，在时空之间游走，一辆马拉的爬犁疾驶，剖开风雪的包围，马蹄踏飞的碎雪，被抛向空中。吴大澂坐在爬犁上，眼睫毛挂满霜花，一双眼睛那么精神。脸上爬动的汗水，将我拉回到现实，幻觉中的风雪消失，马拉爬犁不见了。我不可能碰到古人，将无数个想象写成的信，投向没有街道、门牌号的塔拉站。信是古老的形式，信中装的文字，是现代人对历史的追问。

塔拉站是通往宁古塔的必经之路，当时是物资集散地，满族人将人参、皮子、鱼货，在这里交易，换来日常生活用品。塔拉站附近有饭馆、药店、旅店、大车店、货栈、铁匠铺、靰鞡铺、杂货铺，甚至还有妓院。驿路上来往的是搞运输的马车，游走四乡的货郎挑着针头线脑，奔向大地的深处。想象和真实不同，想象是对储存的表象进行加工改造成新形象的心理过程，它是一种特殊的思维形式。塔拉站没有留下一张分布图，标注每个建筑的具体位置、街道的走向、人们的居住情况，只有凭人们口耳相传。

我向另一个方向望去，盖大姐打着一把伞，她和几个文友，听坐在树桩上的老村长在讲述塔拉站的今昔。我们彼此有一段距离，听不清对方说什么，只有白蝴蝶，向我一路舞动着飞来。

凝视充满阳光的日子，眼前的一切是真实的，割断不切实际的想象，面前不是有形的塔拉站，而是仅有的残迹，历史变得遥远模糊，留下不多的文字记载。笛卡儿的坐标系，在这里也不可能精确地定位。我们不是来欣赏一堆废墟的，而是在残败中，重构消失的历史。我站在庄稼地的中间，一条条垄沟伸向天边，一年年，大地不知被犁铧耕过多少遍。出土的石斧、陶罐、瓦片，不知流落何方，落在什么人手中。我捡起一块碎瓦，想带回滨州家中的书房，摆在书橱里，每天我们都能相见。蹲下身子，抚摸仅有的几块石头和碎瓦，我感受历史脉搏的跳动。

一开始思维就有错误，这和我的年龄极不符合。塔拉站给我太多的想象，浪漫的抒情，删去可能的疑问。历史未必都有文字记载，留给后人查阅。人们在驿路上，选择设站的地方，并不是心血来潮，随手一指，就在此建站。驿站是文化的符号，它是权力的象征，同时也是公器。塔拉站作为时代的证人，它随时间消失，无力再承担特殊的责任。多少年后，我研究古驿路，对塔拉站的关注，我想用文字修复繁荣时的塔拉站，人们的生活方式。

我带着许多的幻想，真的到来，面对一片空旷的庄稼地，残酷的现实，不讲一点儿情面。不管三七二十一，挥舞冰冷无情的镰刀，几下子割断幻想的热情，打成一个个捆子，丢在大地上。

老村长起身，向回返的方向走去，我们就这样匆匆地来，又匆忙地离去。在我们的身后留下的是荒凉，短暂的实地寻访，变成岁月中的一部分。我转身一望，似乎有什么东西出现，这就是伤感的怀念。我们通过塔拉站，回到过去的日子，其实过去并没有消失，它们的气息隐藏大地中，以特殊的方式参与现实。遗址上的一片瓦、一块砖，唤醒我们的记忆。

我想听新站官，念几句吴大澂的诗，这是最好的告别。

一堆废墟，浓缩一个时代的历史。

贡河珍珠营

一

2012 年 7 月，酷热淹没了大脑的意识，很想有清凉的地方，恢复被热灼伤的身体。我躲在空调的房间，读《龙井县地名志》，“珍珠营”突然闯进目光中，我不知如何接纳它们。

朝阳川在光绪年间建屯，100 多年以前，流经这一带的布尔哈通河，曾经被叫做“珍珠营”。1644 年，清军入关后，清朝以保护祖先发祥地为名，将图们江地区划为皇家封禁区，不允许百姓出入定居，经过官府许可的人才可以在围场采捕蚌珠、人参、猞猁、鹿、虎、貂等，这些“稀罕物”专供皇室享用。那个时代朝阳川人烟稀少，由布尔哈通河和朝阳河交汇处，

布尔哈通河

两河交汇处

形成水泊沼泽。树木遍布，枝叶交相叠错，芦苇密集，杂草丛生，水鸟的叫声掠过草的梢头。草丰水旺的沼泽地，盛产柳根子、沙壶鲁子、鲫瓜子、细鳞、泥鳅、鲇鱼、七星子、喇蛄，最为出名的是蚌蛤，所以它有响亮的名字“珍珠营”。

朝阳川是一个三等小站，三十年间，我每次回家乡必经之路，伏在车窗前，注视匆忙闪过的站牌，很少关注小城的人文历史。窗外是二十八九度的高温，我在封闭的房间里，有了冲动，立刻踏上旅途，去看当年的“珍珠营”。地名志上“只是文献记载”，被括弧括上，谜一样的六个字，是抛给我的问题填空，还是寻找的道路呢？我不知道该如何面对，在查阅资料时，概述性的“珍珠营”，并无更多的资讯。我装满疑问和想象，准备这次艰难的田野调查，学者陈慧指出：

> 清王朝对于延边地区的管理，是通过设置围场、采捕山和采捕河等来进行的。“延吉厅之地，北由哈尔巴岭发源之布尔哈通河，南达图们江流域，东北由宁古塔交界之珊瑚站，而东南至图们江北之黑顶子，皆国朝封禁采捕之重地。”清政府在延边设立的采捕之地有布尔哈通河（又名珍珠营，朝阳川）、瑚珠山（即瑚珠站）、阿布达哩（今珲春东沟）、乌尔珲山（今珲春黑顶子）、呼兰山（今珲春东南之火龙沟）、海兰河、葛哈哩河（即嘎呀河）。长期以来，延边地区只驻有为数不多的旗兵看管围场，只有朝廷派出的前来采捕的打牲壮丁来往与此，其他管民一概不准进入。[①]

“珍珠营”在这片土地上的重要性，是因为蚌蛤丰富，还是官员的一时兴起，封这么一个地名，这些都无法考证。随着时间过去，河道发生改变。

---

① 陈慧著：《穆克登碑问题研究——清代中朝图们江界务考证》，第 69 页，北京：中央编译出版社，2011 年版。

没水采珠船（宋应星《天工开物》）

扬帆采珠（宋应星《天工开物》）

官吏之庐船

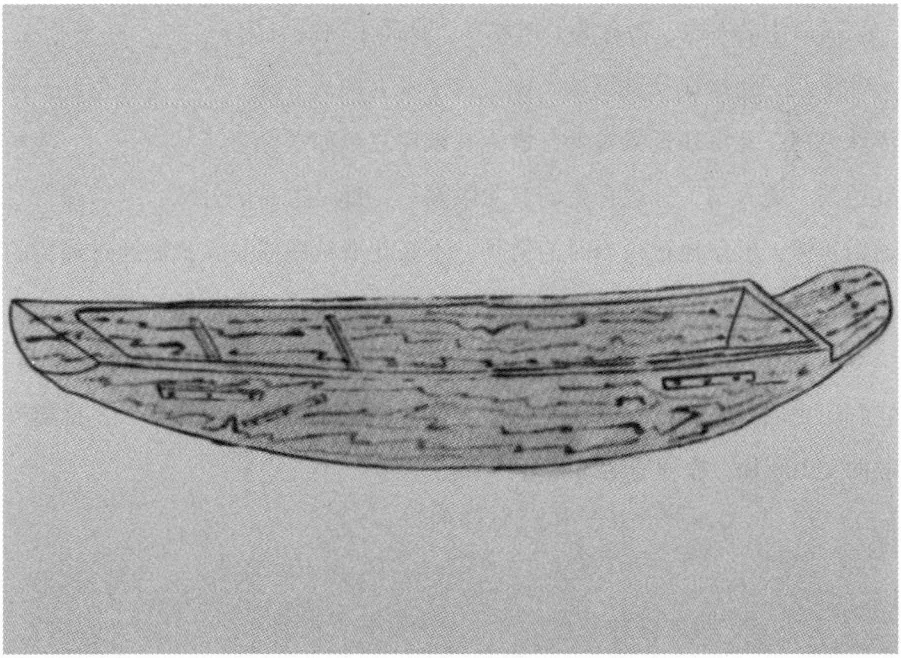

黑龙江下游之土人船

我翻阅《龙井县地名志》《龙井文史资料》，只有“珍珠营”提供想象的空间，塑造有血有肉的珠丁，编织动人的故事。

河水扭动一下，突出的湾水变得湍急，两条河流交汇，形成特殊的地理环境，产生“珍珠营”，于是来了捕采的队伍，有了珠丁的悲欢离合。“珍珠营”由于历史的缘故，它是远近闻名的皇家禁捕地，地图上无法查阅这个名字。

我在水边，看到河流、大树、稻田、村庄、天空，“珍珠营”隐藏在时间中。文学大师雨果，来到他神往的莱茵河边，面对大水说：“江河既可载运货物，也能传播思想。在天地万物中，任何东西都自有其神奇妙用。”① 一条水承载太多的历史，无人不为之动情，思潮起伏。

台北故宫藏有一件“清皇贵妃冬朝冠”，我看过照片，真是惊人的美，这么多年保存得依然完好，冬朝冠是上朝时戴的冠帽。黑色貂皮镶边，朱色纬线覆顶，东珠是帽子醒目的装饰。我们不能看到原物，只好通过图片欣赏。

满语中的东珠，被称为“塔娜”，是淡水河蚌所生，主要产在黑龙江、乌苏里江、鸭绿江及其流域。徐兰在《塞上杂记》说：“岭南珠色红，西洋珠色白，北海珠色微青者，皆不及东珠之色如淡金者其品贵……”淡粉红色的“美人湖”，微青色的“龙眼湖”，都是上品的好珠。“珍珠营”通俗易懂，形象地记录当时的情景，不必花费笔墨描写。我们通过捕捞的东珠，望着一个个过去的背影，听他们血性的嗓子，唱出古老的歌。

“珍珠营”吸引我揭示大水的秘密，想要得到的东西，看似简单的问题，它和历史联系在一起，其实是折磨人的。脑子里装满“珍珠营”，拼凑碎散的文史断片，梳理清晰的脉络。

---

① [法]雨果著：《雨果游记集》，第75页，石家庄：河北教育出版社，1999年版。

进贡

二

2012年9月20日，清晨我还在火车上，天不怎么透亮，掀开车窗帘，等待经过朝阳川站，原来停车的三等小站，现在变成途经。

列车驶过朝阳川站，来不及凝固眼中，就成为记忆的事。这时正是5点多钟，新一天的开始，失落的目光，无法看到“珍珠营”。

在延吉妹妹家吃过早饭，顾不得整理行囊，换洗旅途的衣服，坐上朋友的车向朝阳川奔去。

八十年代初，我乘坐绿铁壳的火车，去朝阳川走亲戚。十多公里的路程，走了近二十分钟，走出旧站台，雨中打着黑布伞，走过泥泞的街路，推开亲戚家的障子门，泥土路被水泡囊，我的鞋沾满泥水，走起路特别艰难，有几次险些滑倒。

雨势不减，障子被水打湿，屋檐滴落的水，形成一条水帘。中午坐在热炕上，小方桌摆上豆角炖排骨，一盘红烧茄子，还有从布尔哈通河捞的“柳根子”鱼。一顿饭菜，解除雨水带来的寒气，这是记忆中对朝阳川的印象，它和匆忙而过的站牌，“珍珠营”在时空中纠缠一起。

两河在哪个位置合流，一切是未知的，我不知从何处着手，找到想要看的地方。车子停靠路边，凭以往的经验四处打量，找一位年纪大的老人，他们对过去了解的多。在一家商店门口，有一老者晒太阳，从他饱经风霜的脸上，读出时间的流逝，我走过去问道：

“老先生，河水交汇处在什么地方？”

“没有听说过。”

他的回答让我吃惊，心陡然地凉透。他是朝阳川的老人，竟然不知道有这么个地方。我不想问下去，一个个地问下去，毫无任何结果。我站在街边上，置身阳光下，注视来往的陌生人。

重新坐在车上，望着窗外忙碌的人群，朋友启动车子，在GPS导航仪的指引下，顺利地来到布尔哈通河。我迫不及待地下车，这就是布尔哈通河么？浑浊的河水流量减小，一波波地叠加，在不宽的河道上流淌。两岸树木极少，工厂的烟囱竖立，生态破坏严重，不可能有珠生养的环境。史上记载有珠的地方，河水一路湍急，采珠时乘着“威呼”船，这种船名是满语汉译，有的地方称“快马子”船。“威呼”形状似梭，大“威呼”容纳五六人，小威呼可容纳两三人。形状似柳叶底圆舷平，两头尖并微微上翘，一人持桨，左右交替划行。珠丁赤身露体，腰间系长绳子，手握一根木杆，一头潜入水下。一口气将蛤蚌拾起，装入携带的鱼皮兜中。摇晃绳索发出信号，“威呼”上的人，迅速拽到船边。反复多次，其余的人在岸上燃火，牲丁轮换烤火驱寒。必须烧热一锅水，烫开蚌壳，将壳和肉分离，然后开膛取珠。奔波的大水从远古走来，可以亲近，不仅说它流淌的时间悠久，而是积淀太多的东西，每一滴水是它的密码，深藏传说、民俗和真实的历史。

我真的来到“珍珠营”，看到天空飞过的水鸟，水浅河面变窄，浑浊的水里无法行船。一束束光线，投进水中折射出来，发生新的变化。我搜寻记忆中有限的文字资料，使它们犹如河灯一样，漂浮水面上。我在石台阶上，情感被河水撞得碎裂，一个人面对历史无可奈何，思古之悠情变得兴趣索然。文字和在场的情景不可能一样，此时我从遥远的山东赶来，为了看“珍珠营”。它和我想象中的截然不同，看不到密不透风的树林，宽阔的水域，水流向中间萎缩。每一条河水，跟随时间成长和变化，记忆中存下欢乐与痛苦，这不是它的选择。

人只有通过历史才能认识自己，而通过内省是永远也做不到这一点的，的确，我们都是通过历史来探究人究竟是什么的。或更一般地说，我们都是通过历史来探究人是什么、来探究诸如宗教等东西是什么的。我们都希望知道历史是什么的。如果说存在一门关于人的科学，那么，这种科学就是人类学，其目的在于通

没水采珠船（宋应星《天工开物》）

> 过这种结构性脉络，来理解经验所具有的这种总体性。个体所认识到的，始终只是存在于他的发展过程之中的各种可能性当中的一种可能性，而无论他什么时候不得不做出一项重大的决策，他的这种发展都会呈现出某种不同的转折。从根本说，人完全是根据他那已经得到实现的可能性而呈现给我们的。在各种文化系统中，我们也同样是在探究一种从人类学角度确定下来的、使一个“X”得以在其中实现自己的结构。我们虽然把这种结构称为人的本性，但是，对于一个通过某种理智的方法构造而成的概念体系来说，这只不过是一个语词而已。这样的做法是不可能穷尽人所具有的各种可能性的。[①]

哲学家说的“人只有通过历史才能认识自己”这个自己是大概念，人类在反思自己的行动，得出的答案，人类才能继续往前走。

沿着石台阶走向水边，丛生的杂草，在秋天中变得枯黄，挂满沧桑的色彩。河边变得空荡，连钓鱼的人都见不到，我不知如何确定“珍珠营”的位置，我怀疑资料上的记载，挽救将失去的等待。

从堤上走下一个人，我迎了上去，想从他的嘴里打听两河汇集处。几句寒暄之后，知道来者是朝鲜族人，他住在附近，每天来水边散步，呼吸河水的气息。交谈中我礼貌地问对方的姓名，他说名字叫郑一，1952年出生在朝阳川，一直未离开过这里，知道河边的很多事情。小时候，他说河里的鱼类有很多的柳根子、沙壶鲁子、鲫瓜子、细鳞、泥鳅、鲇鱼、七星子、喇蛄等。他们用一米多长的抬网，两边各拴一根木棍，捕者各执一边。在河里不要乱动，另一个人从上游弄水轰鱼。估计时间差不多，起网离开水面，鱼在网上乱蹦，溅得水星子乱飞。邻居老人们说，这些鱼都算不上什么玩意，

① [德]威廉·狄尔泰著：《历史中的意义》，第88—89页，南京：译林出版社，2011年版。

他们儿时看见打过的鱼，需要两个人抬，杠子贯穿鱼肋后，鱼尾巴还搭落地上。

文字和记忆构成的画面，给人提供想象，它们和资料融为一体，产生活的历史。

谈到两河合流的时候，郑一的神情异常兴奋，他往对岸一指说：“那就是交汇处。”循着指向的远方望去，有两棵树冠巨大的树，如同方位图一样，在河的任何角度都能看到。

我想给郑一拍照，他婉言谢绝，我们友好地告别，走过大桥，来到布尔哈通河的北岸。通往“珍珠营”的河堤上，堆满建筑垃圾，涂料桶、胶布头、水泥碴子、包装盒、管子头等。一条勉强通行的路，我不时地避开垃圾，躲开下雨积的水洼。一簇芍药花，在河的斜堤上绽放，过不了多久就要凋谢，它向这个世界告别。

过去的水泊沼泽，现在变成一片稻田地，金色铺满大地，几天后开镰，刀锋将割断稻茎，倒伏大地上，泥土暴露出来。树木遍布的情景不见了，杂草丛生，水鸟的叫声，唤起对过去的怀念。“珍珠营”蕴藏神秘的色彩，过去采珠船停靠河边，先扎营盘，搭锅立灶后，一一摆好供品，双膝跪地，焚香叩头，虔诚地祭拜河神。庄严的仪式不能马虎，行事后，珠丁们入水捕采。

风已经不是那时的风，水不是那时的水，只有土地深藏的气息，才是历史的真实。

三

延吉地处东北边疆，时差比内地早。一窗亮色的时候，我盘腿坐在床上，望着堆放的东西，必须抓紧整理，因为我将在 7 点 21 分，乘火车返回山东，又一程地漂泊。

床头放着一摞资料，其中有一首乾隆的《采珠行》，皇上看过采珠的生活，也情不自禁地说：“三色七采亦时有，百难获一称奇珍。”他用

行舟图

千百次也难得一次奇珍，赞美珠的珍贵，不是亲眼见到，怎么知道他们的艰辛。东北民俗作家杨满良，做了大量的田野调查，在文献中排沙拣金，他在一文中说：

> 清廷设立“布特哈乌拉总管”，“布特哈”为满语，渔猎、打牲之意；“乌拉”则意为“江河”。该衙门成为给宫廷采捕东珠、紫貂、鳇鱼、人参、蜂蜜、松子等物产的专职机构。其中，采珠是这一机构中最重要的工作，为此还专门设置了“珠轩”，就是将采珠者合数人为一起，谓之珠轩。按其所属，凡上三旗（两黄旗及正白旗）之珠轩，其贡赋上交宫廷，由内务府都虞司考核、赏罚；凡下五旗之珠轩，其贡赋交诸王、贝勒、贝子（原为满族贵族的称号。后以贝勒、贝子为清代宗室封爵的两个等级，贝勒为第三级）、诸府，由内务府代管。每年开江之后，即为采珠季节，由打牲总管、协领率各珠轩兵丁乘舟起航，按其预定线路，从南起松花江上游、北至瑷珲，东到宁古塔、珲春、牡丹江的广

大范围内分头采捕珠蚌。据载，“每得一珠，实非易事”，往往“易数河不得一蚌，聚蚌盈舟不得一珠。”狂采滥捕使得黑龙江流域的东珠资源迅速萎缩，至雍正朝以后，虽“偶有所获，颗粒甚小，多不堪用。”即便如此，官方的采珠规模仍不断扩大，至乾隆三十三年（1767 年），布特哈乌拉已有 65 个珠轩，每珠轩设打牲兵丁 30 名。咸丰朝以后，随着清帝国的衰落，沙俄势力的侵入，以及东珠资源的枯竭，黑龙江流域具有千年历史的东珠采捕业，最终逐步走向了消亡。

其实在清朝入关以前的皇太极时期，最高统治者于海西女真乌拉部旧地派驻专门官员管理采捕、纳贡。从那以后，乌拉地方即称为“布特哈乌拉”。

采捕朝贡的打牲乌拉总管衙门，拥有 22 处采贡山场和 64 处采珠河口。最远达黑龙江、乌苏里江流域，遍布吉林、黑龙江两省。担负采贡任务的牲丁，最多时达 6000 余人。①

作家对松嫩两江流域的东珠文化，做了深入地调查研究。文字画面上的每个符号，被赋予历史的要素。一阵水声，一簇野草，一棵老树，这种感觉和资料上记载的接近，形成一个整体。这片水中深藏东珠，珠轩持木杆插入水中，凭多年经验，检测水的深浅，蚌蛤的多少，一双耳朵听出“咬杆”声音的大小，设定采珠水域。准备好的珠丁，然后顺杆指引的点位潜入水下，在寒冷的河水中，依靠旺盛的身体，抵抗冷水的挤压。捕采贡珠，也是打捞命运，“珍珠营”因为有美丽的东珠，得到好听的名字。

奔腾的水养育两岸的人民，滋润万物草木。我来到这里时，如同一台散场的戏，戏台空荡荡的，人物和剧情早已散去。我依靠别人的口述，和这条河串联起来，恢复原始的状态。

---

① 杨满良著：《松嫩两江的东珠》，《黑龙江日报》，2011 年 8 月 18 日。

“珍珠营”里有多少秘密，过眼飘风，无人知道多少，也不可能大白于天下。阳光照在时间的臼里，推开时空大门的缝隙，一缕温暖的光，打在“珍珠营”凝固的历史中，融化发霉的锈痕。我们走进历史的大庭院中，在交叉的小径上，来到复杂的世界里，寻觅一个时代，一个人的背影。我等待它的苏醒，讲述前尘往事，接通和现实切断的道路。

我在延吉的一段时间中，又一次经过“珍珠营”。那一天，我要去看双凤山上的金代古长城遗迹。去那里有两条路可行，西路经过太阳、八道到达双凤村。另一条路是绕道途经朝阳川，跨过布尔哈通河。爬了半天的山，回到延吉时已是黄昏，在很远的地方望到河水，暮色的光线不强烈，柔和调子中的河水，表现原始的美，“珍珠营”边上的孤树，好像绿色的篝火，逐散浓重的黄昏。“珍珠营”在眼前掠过，我再读它，只能从拍摄的照片中回味。

我打开窗子，一阵秋天的晨风，挟带寒气扑过来。夜的残迹被吹跑。我整理行装，将踏上新的旅程。

双凤半落青天外

在远处看双凤山的时候

姐夫开着面包车，从屯子里拐了几个弯，终于看见萧大哥家的房子。

姐夫在不远的五凤屯，多年前开了农家乐，忙时请短工，萧大哥常来帮工，他们相处得很好。萧大哥生在双凤屯，吃着双凤山长大，目睹一年四季，经风沐雨和落雪的变化，自己记不清多少次进入双凤山。资料误将双凤山写成双峰山，其实是重大的错误，随意更动的一个字，改变一座山的名字。但遗留下的历史，不是任何人能够修改了的。

萧大哥家地处屯子中心，木障子围出的院落，使用的铁皮大门，显得不伦不类。面包车停靠大门外时，看着我们下车，守门的小狗，不住闲地大声叫唤，愤怒地准备扑过来。闻到狗的叫声，萧大哥从屋子里走出，一脸笑意地打招呼，姐夫做了介绍。几年前，我们在姐夫家里匆忙一见，我还是有印象，特别是他镶的那几颗牙。

今天攀登双凤山，萧大哥是绝对的向导，他要带我进山。但姐夫必须帮他镘完炕，因为姐夫年轻时，在延吉市建筑公司当过瓦工。萧大哥家新掏的炕，沤干以后，镘上最后一层，才能铺地板革。水泥、白灰和沙子搅过的料，湿淋淋地堆积院子里。旁边是筛子，水桶和半袋子使不完的水泥。萧大哥早就拌好料，只等姐夫一来就开工，做完这些活，他才陪我上双凤山。

姐夫为了争取时间，话不多说一句，跳上炕干起活。萧大哥用一只桶，不时往炕上送料，我插不上手，在农家小院里转悠。门前有一块菜地，架子上的豆角摘得差不多了，秋风吹得叶子发黄。一丛开在障子边上的芍药花，我以为是野菊花，长白山区的深秋，它依然色彩艳丽，蜜蜂在上面采撷。我问萧大哥这是什么花，他说是芍药花，是从山中采回来的一枝，随意栽在那里，想不到扑棱一片。我对植物的知识贫乏，满山的树木，满山的草，在这里生长的人们，一辈子是吃山喝山。一朵普通的野花，如果不去探询它的文化背景，根本看不出什么意思：

> 芍药花虽然是一种平常的草本植物，但“芍药关”家族传颂着芍药女神的神话。原来芍药花有喜清洁、怕污水的特性，并且芳香迷人，能使室内清静。其芽和面煎服，味脆美。《盛京通志》载：“英额门外猎场中，有芍药两丛相对，枝繁叶茂，附近不生杂草，所有鸟兽都不敢靠近。花开时，人不敢采摘，如有侵犯，必定害病。因此人们敬畏芍药花。农家老妇却可以摘花，插头作饰。[1]

一种野花，在草木遍地的山间，不能再普通了，积淀这么多的文化因素。

---

① 尹郁山编著：《吉林满俗研究》，第116页，长春：吉林文史出版社，1995年版。

它不仅是草药，可以治病救人，传承一个神话。在长白山区，一株树，一簇草，一块石，一条溪水，有神的灵性，使大自然有了神圣的庄严。

我在农家小院子里转悠，双凤山呼之欲来，不能马上进山，真是难耐的煎熬。有几次走出大门口，看着通往远处的小路。守门的小狗，被一条铁链拴住，不明事理，充满敌意的眼睛，不时地发出怒吼，做出前扑的姿势。小狗在地上滚爬，身上的毛皮不干净，看样子很多天不洗澡了。它不大的脑袋，竟然发出凶狠的尖叫，花瓣一样的耳朵竖起来，不漏掉我所有的声音，我停住脚步，对视中的小狗无可奈何，转身躲进窝里，我蹲下身子举起相机，镜头对准小狗，可能是它第一次面对镜头，听到快门的响声，被激得兴奋起来，从窝中冲出来大叫。

镘炕的活儿按计划进行，彼此间很少交流，我待在一边，坐在马扎子上，看远处的双凤山，起伏的山脉，在天边勾出漂亮的弧线。我查阅很多的资料，对双凤山的介绍，差不多都一样，毫无新鲜的东西：

在延吉市发现的“古长城”遗迹，断续蜿蜒在延吉、龙井、和龙三市的崇山峻岭之中。延吉市北部山区的“古长城”，多为土筑，也有石筑，或土石混筑，大部分地段修筑在山脊的一侧，部分地段跨越山岭、峡谷及河川。根据目前调查已发现，“古长城”西自和龙市八家子镇丰产开始，经西城、龙门，再经龙井市的细鳞河、桃源、铜佛、朝阳、八道，再经延吉市的烟集、图们市的长安镇磨盘山（城子山山城附近）、东至长安镇的鸡林北山，总长达100多公里。

现在看到的“古长城”，多已颓败或湮没，只有断断续续的遗迹。在上述“古长城”遗迹两侧，还发现有数十座墩台遗址，从台址地形看，十分明确地告诉我们，这些墩台在当年就是起军事瞭望、传递信息作用的重要军事设施。延吉市地区的“古长城”，总的布局呈弧形，护卫着延吉市至布尔哈通河与海兰江交会处间的广大肥沃的河谷盆地，构成一个十分壮观的古代军事防御工事体系。

目前，延吉市及龙井、和龙、图们的“古长城”的考古调查尚未完成，它的起点，终点还不清楚，与珲春境内的“古长城”（又称珲春边壕、边墙）有没有联系等等，也有待进一步调查考证。关于延吉“古长城”和墩台的年代问题，学术界也有多种说法：有的学者认为延吉“古长城”主要是围绕城子山山城布局修建的，便认为是东夏国的“长城”；有的学者认为，这些“古长城”应该属渤海国遗存；还有的学者把这些“古长城”断代更早，认为是高句丽所修。1986 年，延边博物馆从延吉市北部清茶馆附近“古长城”的墩台断面上采集了一些标本，经过做碳 14 的测定，其结果为距今约 1500 多年。①

文中说的平峰山，小学春游的时候去过，一点印象未留下。平峰山位于延吉市的北部，面积约 520 公顷，属于高台地，它在烟集乡台岩 18 队的西北处，海拔高度 682 米。远处望平峰山的石砬子非常好看，山上生长灌木，大多是草丛，还有杂乱的石头。少年时的记忆，随着时间的逝去模糊。古长城至今未发现更多的文献记载，专家根据遗下的残迹，研究认为是东夏国的疆城，也有的肯定始建于渤海，专家们的争论，各有理有据可依。到底是防御工程，还是金代长城，或者高句丽时期的古长城，无人最后断定。无资料可供证明，只有残迹难辨的城墙是历史的证人。

我等得有些急切了，不时地看手机上的时间。

走在周家沟里

将近二十平方米的炕，镘了两个多小时，姐夫在门口出现时，我知道

① 刘明生著：《延吉的墩台和古长城》，《延边日报》，2008 年 4 月 10 日。

知青们在兄弟峰下

终于完工，进山的旅程即将开始。

姐夫顾不上洗手，我们坐上面包车，向双凤山的方向驶去。车子穿行窄小的路上，两边的房屋一闪而过，离开双凤屯的界碑，屯子越来越远，双凤山向我奔来。

面包车跑了十儿分钟，在萧大哥的喊声中停下，细长的山路，继续往山上延伸，我们则攀登对面的双凤山。萧大哥不言语，他往相反的方向走，不时地站在高处，手搭凉棚，向双凤山望去。我不明白萧大哥的意图，他的举动怪异，这种不理解变成急躁。我从摄影包中取出相机，拧上防光罩，做好上山的准备。

不一会儿，萧大哥走过来，我问他看什么。萧大哥说：

“他在找古城墙的方位，这样走直线的路，省得走偏了。”

“看到了么？”

“杂草和树木遮住，只能大约摸了。”

听萧大哥这么一说，我心里没有底，望着双凤山，不知该如何破译，寻出埋藏的秘密。

姐夫干活累了，他不肯随我们上山，躲进面包车里，锁好门窗睡觉，休息中等我们回来。萧大哥前头走，我跟在后面，开始探寻地行走。

穿过一片“柳毛子”，这片幼树林，其实是小柳树林，当地人称为“柳毛子”。由于进山人多年的踩踏，形成一条泥土路，两边是野草和硬杂树林，平常很少有人来这里。我和萧大哥一边走，不时地唠嗑，想从中了解老事情。萧大哥的名字叫萧鸿图，1948 年 10 月出生，老家是河北福宁县大所庄，1945 年，因为家乡闹灾，父亲逃荒来这里安家落户，后来生下了他。从此他生活在双凤山下，一辈子未离开过这个地方。1969 年，二十多岁的萧大哥任民兵连长，50 式冲锋枪斜背肩上，在附近的山里领着民兵训练。那个年代搞政治边防，延边军分区野营拉练派住在双凤屯里，民兵配合他们一起军训。严寒的冬天，大地被冻裂出口子，风刀割一般吹在身上，这是考验民兵的时候。夜晚零下三十多度，身穿棉大衣，头戴狗皮帽子，棉手捂子里的手不肯出来。屯子头的路口上，萧大哥和知青藏在苞米棵子里，透过秸秆的缝隙，监视过往的行人。因为接到公社下达的严防死守的命令，追捕逃窜的苏修特务。萧大哥挎着50式冲锋枪，睁大眼睛观察敌情，弹仓随时压进子弹。屯子里的灯光，一盏盏地灭掉，清寒中的狗都懒得叫。风吹干叶子哗哗地响，他们两个人都不戴手表，时间过去多久不知道。小知青不抗冻，一会儿扒开苞米秸尿尿，又不敢说话，怕被敌人发现目标。值了大半夜不见人影，人冻得不轻，第二天早上，小知青赖被窝里不起来。

萧大哥回忆说，1970年，有一个知青叫严伟，平常好读书写字，戴一副眼镜，爱打听双凤山古城墙的事儿，有一天他来请假，说要绘制一幅古城墙的地图。第二天清晨吃了一碗二米子干饭，独自背着黄军用包，登上双凤山去画图了。越往山里走，吹来的风阴冷，这么大的山，空寂得叫人害怕。远处草丛中有一对野鸡叫，安静中格外响亮。我问萧大哥，这山有什么野牲口，他说有野猪、土豹子、山跳子。这几年封山养山，动物多起来了。山跳子是什么动物，我弄不清楚，萧大哥说，当地人管野兔子的叫法。

空中有鸟儿飞过，不等我问这是哪一种鸟，萧大哥告诉我说，这是松尾鸦，学名叫长尾联，长白山区特有的鸟类。

路边有一丛榛子棵，叶子完全泛黄，果子被采摘光了。我们一路走，我被山野涌来的植物迷恋住，有的根本不认识，只好求助于萧大哥。《长白汇征录》对榛子有一段记录：

> 树低小如荆，丛生，而枝干疏落，质颇坚硬，开花如栎花，成条下垂长两三尺，叶之状如樱桃，多皱纹，边有细齿，子形如栗子，壳厚而坚，仁白而脆，味甘香，无毒。其皮软者其中空，谚曰十榛九空。长属盛产此味，每岁三倍于松子。[①]

---

① 张凤台编撰：《长白汇征录》，第136页，长春：吉林文史出版社，1987年版。

2008年，朋友从东北的家乡，带来一袋松子。我看到一粒粒松子，想到童年时，在姥姥家上山采松子的情景。在灯光下，我写了一首诗：

列车是一匹出征的战马
朋友乘着它回到家乡
他送的松子
在我身上的背包里

夜晚的灯下
耐心地嗑松子
白胖的松仁
静静地躺在硬壳中

松仁的香味
扯出长长的情丝
灯光的箭
把乡思射向夜空

一粒粒生命
漫溢松脂的清香
它生长在大地上
那儿是我的家乡

双凤山越来越近，远处看它不太明显，到了山根下才发现，它的雄壮和威严。人在山中任何杂念都跑了，心情被无边的绿色染得单纯，如同回到童真时代。我的目光游荡山野间，不时地举起相机，拍下自己喜欢的画面。萧大哥在前面拐向右边，他突然停住不动，我赶紧走过去，难以相信眼前的事情。

山野里的贯众

七十多岁的老村长进山采蘑菇

作者在双凤山上

难以辨认的古墙基

草丛中坐着戴草帽的老人，身旁放一根木棍，进山人叫它索拨棍，总是随身携带。这不是棍子那么的简单，是自卫的武器，防止蛇和其他的小动物，上山拄它，帮助自己减轻劳累。空旷的山中，棍子敲打树干，清脆声音传出很远。它有一套独特的语言方式，向远处的人交流。老人斜挎的筐里，盛着采摘的冻蘑菇，由于刚采摘不久，带着野性的气息。萧大哥和他打招呼，这个老人是朝鲜族，瘦弱的身子十分硬朗，汉话不流畅，从他的神情上看，遇到我们很高兴。萧大哥告诉我说，他出生于1937年，曾经是双凤屯的老村长，1970年当村长时，他正好是民兵连长。荒山野岭中的意外相遇，使两人都很高兴，平常住在屯子中不是经常碰面。70年代初期，他们在这里和军分区的官兵们搞军事拉练，演习抓捕苏修特务。

老人问我们去拣山货，萧大哥忙说是看古城墙，老人说无路可上，也看不到什么了。老人卷起一颗旱烟，浓辣的烟味带我们入山的深处。

温暖的体温和历史融合一起

灌木丛越来越密，杂草缠脚，登山根本找不到道路，全靠萧大哥扒开枝叶闯出一条路。道路一点点地升高，陡度的变化，我们被不断地抬高。

我觉得呼吸急了，不时地停下脚步，向密不透风的林中望去，无法辨清里面有什么东西。我穿的鞋不争气，踩在腐殖土和落叶上发滑，几次险些倒下去。我护着胸前的相机，腾出另一只手，这时我的情况，只能用身不由己形容，困难地往前走。

一条溪水横在路上，水不是很深，浮着枯干的树叶，中间垫有几块石头，供上山过往的人通行。萧大哥利索地跨越，而我试了几次，脚才踏上面，身子在空中摇晃，两只胳膊寻求平衡，险些落进水中。对面有一架野葡萄藤，萧大哥递过来藤蔓，叮嘱我抓住。我握着干枯的蔓，好不容易跨越溪水，我大口地喘气，身上已经冒汗了。

往前走不几步，我发现叶子宽大，带披针形的植物，仔细地观察，任凭想象感觉不出来，它是什么植物。我问萧大哥它的名字。萧大哥笑呵呵地说，它叫贯中，是一种中药，老百姓叫广东菜。春天刚长出不大，拿它包出的水饺，味道清香，也可肉炒做菜，发生瘟疫时，洗净根后，投入水缸中解毒。长白山区遍地是宝，任何植物都是中草药，这个我相信。但萧大哥说它叫广东菜，这么土的野草，有这么洋气的名字，似乎不相关，这件事情上，我有点不相信萧大哥。

下山回到延吉，第二天的下午，我向老中医的岳父请教，这味中药的名字。岳父不紧不慢地说："它叫野鸡脖子，学名叫贯众。"这两点都和萧大哥说得有出入，萧大哥说它学名叫"贯中"。野鸡脖子叫法准确，它和广东菜相差太大了。岳父从书架上翻出中药手册，翻到其中一页。

一幅手绘的植物的平面图，和我在山中遇到的一模一样，文字介绍中说：

贯众

[别名]广东菜（浑江）、野鸡脖子（安图）、东绵马、管仲（简写）。

[原植物]叉蕨科粗茎鳞毛蕨。多年草生本。根茎粗大，块状，圆柱形，微弯曲。无地上茎。叶大，簇生，长圆状披针形，长2—4尺，2回羽状分裂，裂片披针形，边缘有微钝锯齿，叶柄长，密生黄褐色膜质鳞片。7—8月间，在叶上部裂片背面各生2—4对孢子囊群，囊群盖马蹄形，锈褐色。

[生境与产地]生于林间湿地、沟谷。本省安图、汪清、敦化、抚松、靖宇等山区各县产量较大，半山区各地也有分布。

[采制]根茎入药。春、秋两季刨出根茎，削去叶柄及须根，洗净，纵切成两瓣，晒干。

贯众炭：将贯众掰碎，用强火翻炒至外面焦黑色，内呈老黄色，喷火灭其火星，取出，放铁筒中闷48小时，备用。

[效用与用量] 解毒，止血，杀虫。治时疫，血痢，血崩：3.0 — 5.0。

[简易配方] 1. 夏季将贯众放水缸中，避瘟疫诸毒。2. 治便血：贯众炭、地榆炭、槐花炭各等分，共为细面。每服 1.0，黄酒为引。日服二次。3. 治血崩：贯众炭 3.0、汉三七 3.0、朱砂 1.0，共为细面，分三次服，日服二次。4. 治虫积腹痛：贯众 3.0、乌梅 2.0、赤勺 2.0、大黄 1.0，水煎服，日服二次。①

《吉林省常见中药手册》是一本绿皮小书，巴掌一般大小，吉林省药品检验所革命委员会编著。它不是正式书号，属于医疗系统内部发行，泛黄的纸页中保存那个时代的气息。历史和时间在书中相遇，将我推到遥远的过去。我一边翻书，想山野中的野鸡脖子，评论家叶立文在我的书序中说：

在这样一个无处不具象的历史时空中，倘若回忆者不能重返自我生命的历史现场，那么也就无从体悟个人记忆与历史真实之间所存有的微妙关系。其实对于每一个个人而言，历史并不仅仅是一个纯粹的时间概念，它首先设定了我们身处其中的生活具象，继而通过具象对人之存在的魅惑，渐次谋划了无数个人的命运之旅。这就是说，我们那些尘嚣危惧、歧路频频的生命轨迹，原来莫不与已经逝去的岁月流年息息相关。在此意义上去“散文”记忆，作品自然会超越怀乡散文的乡愁情愫，进而在叙写历史的生活具象中，为记忆赋予了一种可堪观瞻的生命意义。②

文字记载的历史穿越时空，我们在纸上游走，感受不到在场的激情。

① 吉林省药品检验所革命委员会编著：《吉林省常见中药手册》，第 133 页，长春：1969 年版。

② 叶立文著：《点燃记忆》，第 3 页，呼伦贝尔：内蒙古文化出版社，2012 年版。

触摸一段古老的城墙，体温和历史融合一起，发生质的变化。历史的真实，不是凭资料和想象出来的，评论家所说的“历史现场”，道出田野调查，对于写作者的重要性与必须性。

山中响起树枝折裂声，萧大哥前面开路，我们艰难地向上攀登。我只要停下，身上的汗马上被吹散，阴冷的风穿透衣服。一缕缕光线，从枝叶间筛落，一点声响，能传出很远。我不知道自己身处的位置，萧大哥是方位图，我将一切托附他了。

萧大哥突然说：“古城墙到了。”我茫然地看了一下四周，见不到想象中高大的城墙，只是乱草丛中，有一条明显的土棱，随山势向峰顶延伸。它保持原始性，任凭自然风雨的摧毁，自生自灭，附在其上的文化正消失，很少有人知道这段历史。我蹲下身子，观察古长城的遗迹，目光触摸上面，浸在古老的城墙上。山岩和杂树间透出的野气，使人感受到清幽深邃。当年飘动的旗帜，走来走去的守卫士兵，壁垒森严的城墙，堵住入侵者前进的脚步，他们葬身于墙外的大地上。现在除了风声，鸟鸣声都不见了，这就是历史。萧大哥比我大十几岁，钻树林，爬山他十分灵活，有一段墙是沿着陡壁往山上伸展，萧大哥下到岩壁前，我小心递给他相机，并教他如何使用。萧大哥撞得树木直响，我替他的安全担心，因为身后是陡斜的山坡，稍不注意发生意想不到的事情。萧大哥将镜头对准古城墙的遗迹，我听到快门连拍的响动声。我扶着一棵小柞树，向双凤山顶望去，一抹阳光围住山尖上，映照草丛中的古城墙。

萧大哥说不好上了，草丛太密实了，根本无路可行，这样攀上去，再有两小时也上不去。我不好强求萧大哥了，他说冬天草枯叶落，这时最好上山。我将镜头对准双凤山，拍下珍贵的瞬间，也许有一天，我还要再登上山去看古城墙。

历史学家因而在他的心灵中重演过去，但在这种重演中，过去并没有变成现在或具有现实性。现实性是重演过去的历史学家现实的思想。历史思想的对象是现实的，其唯一的含义在于它被现实思考着。但这样并没有赋予它任何类型的现实性，将现实性吸纳到自身中，它仍然整个的是想象的。[①]

一切历史蕴藏文化，是一部思想史，史学家不仅在文献上寻查，也用心灵和历史融合。

我听着林间的鸟叫，羡慕它们有一对翅膀，自由自在，任意地飞翔。林子里的光线暗，夕阳变化色彩。上山的路不好走，下山也不易，我回过头去，再一次望着古城墙，它不是想象中的东西，而是刻在大地上的历史证人。

顺着来路下山，不时遇到被碰断的树枝，露出新折断的茬口，过不了多长时间变干。我又回到小溪边上，并不是急切地跨过去，而是手伸进水中，掬起清凉的溪水，带着山野的气息渗进肌肤中。溪水顺山势往下流淌，完全凭借自然的形态，毫无人工雕琢的痕迹。我摘下一片干枯的野葡萄叶子，放进溪水中，看它被推向远方，沿着树木和草丛遮掩的溪水，很快消失了。水中金黄的落叶，传递季节的信息，山中不需要语言，叶子的变化，一缕光线的明暗，一阵山风的大小表达一切，我记下那段难忘的田野调查：

这是最后一段古城墙
在山野中
它像一个耄耋的老人
孤独地眺望

它在等什么
回忆中浸满酸涩

① [英]柯林武德著：《一切历史都是思想史》，第10页，南宁：广西师范大学出版社，2005年版。

风化的皮肤
留下斑斑的痕迹

我在古城墙上寻找
风中枯立的野草
仿佛丢失的音符
发出凄凉的声音

风雨洗去古城墙的颜色
它曾经围起一座城
盛满温馨的日子
而今一点点地消失

面对古城墙的遗址
掀开一页史书
我在书中
倾听历史的回声

情感留在山中，很想扯开嗓子大声地叫喊。我拉一下野葡萄藤，算是最好的告别。小心地踩溪水中的垫石，流淌的水绕过石边，清脆的水声印在心中，想起双凤山，就会响起溪水。拉扯路边的灌木枝，缓解下冲的惯性，免得被伸出的乱枝刺伤。溪水声听不见时，眼前一片明亮，我们走出林木包围的双凤山，又回到山脚下。我离开双凤山越来越远了，登顶不成功，留下的遗憾，储存今后的日子里。古城墙是历史的记录，它和山上的植物不然，也许有一天它全部毁灭，但它庞大的历史根茎，扎在岩石的深处。

在周家沟里走，路的坡度缓慢，不费太多的力气。鸟儿躲在草丛中不停地叫唤，我问萧大哥，这是什么鸟，他回答说这是野鸡。循声音的方向举起相机，镜头捕捉它们，想拍下嬉戏的情景。无奈草密实，林子遮掩一切，听着在不远处，却连影子都无法抓住。

> 野鸡《释名》：即雉也。汉吕后名雉高祖改雉为野鸡，其实鸡类也。直飞若矢，一往而坠，故字从矢。斑色绣翼，雄者文采而尾长，雌者文暗而尾短。故《尚书》谓之华虫，《曲礼》谓之疏趾。长地野鸡极多，猎取烹食，味嫩而美，冬令尚可售之他方。[①]

林子边上，有一棵长得粗壮的松树，蓬开的树桠，仿佛撑开的大伞。松树的背景是双凤山，我和它对视一会儿，拍下神气的样子。

夕阳在天边变幻色彩，一抹光线掉落双凤山上，古城墙又一次经受夜与昼的变化，时间不知不觉中过去了。日落之后，双凤山归于黑暗，在长夜休息养生。双凤山怀抱古老的城墙，唱起悠远的歌，在风的摩挲下、夜的滋养中进入梦乡。

望着双凤山，心里生起遗憾，深秋的凉意，蓦然回首间掠过。

① 张凤台编撰：《长白汇征录》，第146页，长春：吉林文史出版社，1987年版。

寻迹哈尔巴岭

一

神秘的哈尔巴岭，唤起我对它的全部想象，盼望登上这道山岭。三十年前，我随同父母迁往山东，列车经过哈尔巴岭，注视车窗外，孤独的站牌，空无一人的站台。我父亲说：“过了这个站，离家乡越来越远了。”

我在延边文史资料中，读了很多关于它的事情。哈尔巴岭南接牡丹岭，北至嘎呀河的源头，接黑龙江省境内的东老爷岭，系牡丹江上游与嘎呀河、布尔哈通河分水岭，呈东北走向，最高峰哈尔峰海拔 1146.5 米。“哈尔巴”系满语，汉译为肩胛骨，东北土话叫“哈拉巴”。肩胛骨形象地说明山的性格，不需太多的说明。

敦化原名敖东城，亦称阿克敦，“敖东”系满语“鄂多哩”，其语意为茂密的山林。公元698年，靺鞨首领大祚荣，在此率部下筑城建都称王，号称为震国。公元713年，唐玄宗册封大祚荣为渤海郡王，始称渤海国，建都于忽汗城，即今敦化。到了明清时期，又被称作敖东城。作为满清皇族发祥地，清初这里被封禁，达二百年之久。晚上送走敦化的文友们，独自在房间整理物品，在淋浴喷头下冲洗身上奔波的疲惫，水从头上喷撒，敦化的夜晚沿着灯光和水交织，顺利地进入记忆中。这是我第一次来到敦化，客居富临园酒店，明天将去哈尔巴岭。

床是休息的地方，也是产生各种想象的发源地，一次次辗转，打断烦躁和失眠，它们在被子上跳着欢乐的舞蹈。我几次调整睡姿起不到效果，床头柜纸上的文字，讲述敦化和哈尔巴岭的前尘往事。我裹紧被子，闭上眼睛，期待睡眠的降临，抵抗文字燃起的兴奋。无法控制的思绪，游荡文字中，萃取哈尔巴岭的历史，听依克唐阿的马蹄声：

哈尔巴岭站遗址，位于敦化市与安图县交界的哈尔巴岭山脉的西麓。在敦化市大石头镇哈尔巴岭屯东北3.5公里的山脚下，它是清代吉林通往珲春驿路上的一个驿站。

哈尔巴岭是长白山伸向东北的一条支脉，它的南端接牡丹岭，向东北伸延。“哈尔巴”是满语的音译，为肩胛骨之意，大概因山形而得名。岭西坡为沙河之源，岭东坡为布尔哈通河之源。这条驿路越过哈尔巴岭后，一直沿着布尔哈通河的河谷向东伸延，直抵边陲珲春。

据《增订吉林地理纪要》记载，这条路是清代末年，为了适应珲春的防务和延边的开发而开辟的。哈尔巴岭上，山深林密，道路崎岖，至今还遗留着驿路的痕迹，只是被齐胸的蒿草掩埋着。这古老的驿路，由于废弃已久，经雨水的冲刷，残宽仅2—3米。在分水岭处，有一古庙址坐落于路北，庙址旁边，矗立着清代珲春副都统依克唐阿升任黑龙江将军时立的德政碑。

哈尔巴岭是天然的关卡，地当要冲，清代于此设有哨卡和防所。岭西属吉林副都统所辖，岭东为珲春副都统辖区。过岭东行前一站，是瓮声砬子（今明月镇）站。哈尔巴岭站当年无居民点，除驿站，哨所外，只有一旅店，接待过往行人及客商。后来哈尔巴岭上修筑铁路，建国后，又另辟宽阔平坦的公路，这条古道成历史的见证。

被一件事缠绕，一个人毫无办法摆脱，必定和你有缘，不管埋藏心灵多久，总有一天要破解。明天是我和哈尔巴岭的聚会，记忆、想象和历史，将在古驿道上碰面。窗子颜色的深浅，告诉我时间的刻度，遐想变成现实。调整睡姿以便有好的睡眠，恢复充沛的精力，迎接节日一般的盛宴。

二

去哈尔巴岭的路上是叙事的开始，天气发生变化，下起不大不小的雨。陪我去的是敦化评论家王海锋，他的车开得不快。一路上聊读书，向他打听哈尔巴岭的人文历史。交谈中获益不小，王海锋年龄不大，读了不少书，对艺术有自己的见解。雨中的公路车少，雨刷器在挡风玻璃上划动，路边闪过的村庄，碎雨里的山峰变得朦胧。车子里听发动机的声音，还能闻到雨的气味，给探查哈尔巴岭，增添意想不到的小插曲。

车子拐过一个弯，感觉开始爬坡，不远处的界区，有一个横跨公路的蓝色牌楼，左联写的是：满清皇室发祥地，右联是渤海开国第一城，横批是古都新市、龙兴之地，这些大金字，标明敦化和安图在此分界。王海锋将车子停靠路边，叮嘱我注意脚下的积水，不要踩进水坑弄湿鞋子。

我和相机是贸然地闯入者，面对普通的公路，内心一片茫然。在雨水的包围中，我无第二种方案可行，要么回到车上，马上返回城里，在酒店温暖的房间里，喝茶看电视。最后就是冒雨荒山野岭上，继续找我去看的地方，

长白山第一县

交界处

哈尔巴岭界碑

德政碑

敦化出土的文物

不管时间怎么改变，脚下的土地是古驿路，离这不远处的哈尔巴岭村，历史上被称为穆棱站。

敦化境内的驿路可上溯到明代。我国古老的驿邮制度经历了漫长的发展过程，到了清代末期，它的组织规模和管理形式都大大超过前代水平，在全国范围内形成了一个纵横交织的庞大传递运输系统。驿路上设有驿馆，1881 年（光绪七年），改称驿站。主要任务是负责过往官员食宿和信件的传递。

敦化的驿路有两条：其一是，1407 年（明·永乐五年），由吉林乌拉（今吉林市）为起点，经额赫穆（今天岗）、拉法、退搏，越张广才岭进入敦化境内，再经意气站、鄂摩和站（今额穆镇）、规整拉站，过小沟岭进入黑龙江宁安县境内，最终到达宁古塔（今宁安县），全程 322.5 公里。其二是，1874 年（清同治十三年）始建。清政府为了抵御沙俄势力侵入，加强边陲的防范，又开辟摩鄂从摩和，经通沟站（今官地镇岗子村）、黄土腰子站（今大石头镇新立村西）、哈尔巴岭站进入安图县境内的瓮声砬子（今安图县明月镇）、龙井市的铜佛寺、小盘岭（今磨盘山）珲春的窟窿山（今图们市凉水）、密江，最终到达珲春。

1721 年（康熙六十年），每名站丁年给工食银六两，站丁的主要生活来源是在驿站耕作自给。①

从敦化“东南至哈尔巴岭，珲春界，一百里”。在立碑之处，原来有一座古庙，过往的军旅、客商、百姓经过此地，能看到依克唐阿碑。在山岭的脚下，分别各设驻防的哨所，岭西不但有驿站，还开设一家客栈，供

① 李革著：《敦化最早的公路——驿站》，引自《昔日延边经济》，第 188 页，延吉：延边人民出版社，1995 年版。

人们“打尖”，当时人们习惯地称为“巴店”。这里是吉林乌拉通往珲春边境驿路上的重要的驿站。

哈尔巴岭名为穆棱站，就是哈尔巴岭村。路面是黏土路，宽度大约三米半，经山路 3456 米，高度为 250 米。途中经过大石头河，当时水面宽 7 米左右，水深 3.8 米，河水气势壮大，水流急速。1905 年，光绪三十一年添设一站，即将塔城老松岭站移设于此。该站设笔帖式 1 员，领催委官 1 员，站丁 25 名，给随缺地 15 垧 9 亩，有牛 25 头，马 25 匹。

这条路上主要的运输车辆，是一种趟子车，它还叫毛子车，主要是运输使用。趟子车有四个轱辘，连接一根活动的轴，前后轱辘之间的距离，根据货物的重量随时调整。拉套的马，一般使用的是三匹，也可以套四或六匹马。冬季里车老板身穿光板羊皮大袄，头戴狗皮帽子，脚穿棉靰鞡。手中有两把大小鞭子，走大路时，车老板就挥舞大鞭子，甩出朵朵的花儿，大路宽畅，车能跑动起来，鞭子在空中甩舞，打出叭叭的脆响，能够抽打梢

出土的石羊

子马。遇有道路窄，难以行走，就改用小鞭子赶。一长一短，不同的道路驾车，要看车老板的经验和功夫。短鞭更能准确地发出信号，让马服从主人的意图。

很难想象哈尔巴岭驿道，安静中潜伏紧迫和期待，阵阵马蹄声，暴风雨一般的逼近，然后急促地远去。马蹄的变化声中，人困马乏，驿站前换马的短暂时间，不敢有丝毫懈怠。驿站中历经的沧桑，承载人文历史的灵魂，驿舍未熬过岁月的无情，最终还是轰然坍塌。只是这条道路，从驿道变为普通的大路，不需要官方特许，就可以通行。荒山野岭中，站在古老的驿道上，辨认每一处遗下的古迹，追寻历史的残梦。

越过牌楼来到安图，路边竖立一通石碑，上面凿出一行大字：长白山第一县，这几个字涂上的红漆，有的地方剥落，基座上竟然有“修胎”、“开锁”的电话号码，歪扭的黑色阿拉伯数字，是对历史的嘲讽，还是现实的无奈。两边残破的石台阶长满野草，背后青翠的松林，吹出一阵阴冷的风，2002 年 10 月立碑，距今不过十几年的光阴，就已经变为这个模样。坐落于路北的古庙的原址不见了，依克唐阿碑连个影子都没有，具体在什么方位说不清了。

哈尔巴岭是长白山支脉牡丹岭伸向东北的一条余脉，横亘于敦化市与安图县之间，长图铁路线和内地通往吉林东部边境的公路，都从岭上通过。它是古今军事、交通要冲。

1978 年夏，据大石头镇中学一位教师反映，在哈尔巴岭密林遮蔽处，发现一通石碑。当年 7 月 6 日，敦化市文物管理所刘忠义、姚震威二人，前往哈尔巴岭屯调查。走访了几位老农，都说岭上有一条清代的“官道”，在分水岭处，大约曾立有四通碑。生产队派了一位知情的老农做向导，越过沼泽，沿着蒿草齐胸、荒废多年的山道，走了七八里，爬上岭顶，见到了石碑。沿着山路从岭北坡上了岭，岭顶上的一段道路，长 50 米许，略呈西北东南方向，平坦而开阔，在路北旁偏西的地方，紧靠路边，有两条花岗岩夹杆石，卧在草丛中。在夹杆石东 8 米许，有四个花岗岩柱础，呈东西方向，排成一条线，各相距 2 米许。在这排柱础的西端，有一个三级的石阶，是以平整的条石和方石砌成的。再向北 20 米，是个稍高的土岗，岗上有一通基本完好无缺的汉白玉碑，立于灌木丛中，面向南。碑高（连同底座）170 厘米，碑身高 52.5 厘米，厚 16.5 厘米，碑首呈圆形，无外加的碑冠。碑的正面，当中阴刻“德威丕著”四个楷书大字。上款为“钦命帮办吉林边务事宜镇守珲春副都统升任黑龙江将军法什尚阿巴图鲁恩宪依公德政碑。”下款为“靖边右路统领副□□拉林花翎协领保成率中左马步两营文武官弁等敬立光绪十六年二月上浣旦”。

碑背刻有全体文武官弁的职衔和姓名。在此碑的东面 10 米许，有很多碎砖乱瓦，散布在草丛中。老农说，那是清代的庙址。庙的基础约东西长 10 米许，南北宽 4 米许，方向正南。庙址东面是一片开阔的林间空地，四周林木参天。路南旁是平缓的山坡，向西渐渐抬高。经过搜寻，在灌木丛中发现一个透雕的汉白玉蟠龙碑冠。正中刻着“名留千古”四个字。此外，别无发现。

据上述情况判断，在这个遗址中，至少应有两通碑，一个完好地立于原处，另一个碑身下落不明，只剩碑冠。为查清原来石碑的数目和下落，我们随着向导，沿着山路，过岭向东，经过五里多路，到了安图县的南沟屯。六十多岁的生产队会计说，岭上原来有四通碑，1969 年 10 月，南沟大队党支部书记高树培，为抢救公共财物，以身殉职，葬于东山，南沟大队群众，将岭上石碑运到东山一块，置于坟前。其余石碑，不明下落。我们按照指点的道路，上了东山，找到了那座坟，石碑果然立于坟前。

该碑仍是汉白玉的，碑旁草丛中，卧着一个浮雕的花岗岩蟠龙碑冠，上面刻着“惠我无疆”四字。此碑下面是碑文，碑面的四边饰以蔓卷的莲叶纹。碑背刻着出资立碑者全体姓名。碑座刻着

> 莲瓣纹，即所谓须弥座。文字端庄而清秀，花纹精细而富有律动的美，碑的上款仍是："钦命帮办吉林边务事宜珲春副都统升任黑龙江将军法什尚阿巴图鲁依公德政。"[①]

我是在六顶山上，敦化文物所的草坪上，看到移来的依克唐阿的碑，它远离哈尔巴岭的密林，离开古老的驿道，被人为地迁到这里，变成受保护的文物。汉白玉碑在荒野中经受大自然的吹打，石质留下风雨的痕迹。我在碑前看到凹进的文字，一个个字，排列成一篇碑文，记述依克唐阿一生的功德。面对远去的历史，身体瞬间变得沉重，英雄人物从石碑中走出，沐浴阳光的时候，我们的对话从哪儿开始呢？这儿不是哈尔巴岭，他坐骑的蹄声被时间隐去，埋在古驿道下。热爱他的百姓，将汉白玉塑成碑，雕下一行行的文字，记录他的丰功伟绩。我从文字中走进历史，在哈尔巴岭的驿道，观望过往的人和事。文中提到的文物专家刘忠义，刘贵锋在一篇文章中，描绘出他的普通生活：

> 刘忠义 1958 年考入沈阳鲁艺学版画，毕业分配到宁夏师范学校任教，1962 年调入敦化到文化馆当馆员，1976 年成立文管所，改行成为第一代文管工作者。接触多了，知道他对生活的要求很低，穿衣服捡孩子的，不露就行，吃粗茶淡饭，不饿肚子就行；一壶酒，一碟酱，喝得有滋有味儿。别看他日常生活随随便便、因陋就简，可对文管、考古工作，却精益求精、一丝不苟。走进文物库房，小到箭头、网坠、大到墓碑、石狮，无不分类规范、摆放有序。
>
> 1978 年夏，根据群众提供的线索，刘忠义和馆员姚振威在敦化、安图交界处哈尔巴岭的古驿道上，发现了清光绪朝守边将军依克唐阿的功德碑。据遗址规制判断，汉白玉石碑至少有两通，可灌

① 敦化市图书馆网站，2006 年 6 月 2 日。

木丛中只立着一通，另一通石碑流落到哪里去了？为查明石碑的下落，他们在向导的引领下，走遍了周边的乡镇村屯。工夫不负有心人，终于在一位德高望重的大队支部书记坟头前找到了石碑。①

依克唐阿的碑，位于哈尔巴岭村东北部，在两区分界线的敦化一侧，碑址所处的地方，是清末吉林至珲春的驿路上。碑文的内容，是评述依克唐阿的军功、清匪、抗俄、放荒缓赋等功绩德政，立碑就是为了使路人驻足观望，让更多的人知道依克唐阿将军，意在宣传他的丰功伟绩。

我就这样来了，在这条古驿道上，远处的山峰被雨包裹，灰色的背景，突现历史的悲剧。雨弥漫山岭中，身体中积满史前的荒凉，感觉依克唐阿在凝视，层层叠叠的林木，顺着山势延伸。我变成局外人，游荡历史和现实的界点上。

风雨古驿道上，心变得苍凉，雨不紧不慢地下。山上枯黄的色彩，显示衰败的季节，一年年过去。

身上的衣服湿了，我也该离开哈尔巴岭。

三

来哈尔巴岭以前，查阅敦化文史资料，对于这道岭怀有特殊的情感。我打电话给敦化的文友，询问去哈尔巴岭的路线，关注文献记载的情况。在远方，我沉迷古驿道上，哈尔巴岭小站，三十年间，每一次往返经过它的时候，心中都是酸酸的。因为从这里开始，往那头走，离家乡越来越近，往另一头走越来越远了，被一列火车拉扯，情感变得复杂纠结。

① 刘贵锋著：《岁月如歌》，引自《长白山满族文化研究》，第55页，敦化：内部资料，第四辑，2010年版。

抗联在哈尔巴岭颠覆的列车

铁道线上的老火车

哈尔巴岭小站的站牌

村子里的大喇叭

深山中的抗联密营

听到火车的声音，我问王海锋，哈尔巴岭站在什么地方，他说回去的路上，去哈尔巴岭村看一下，车站在那里。

坐在副驾驶的位置上，凝望雨中的山野，我告别古驿道，行注目礼，车子往前走出不很远，向左一拐，走下一条岔路，前面就是哈尔巴岭村。村中唯一的主路泥泞不堪，两边散落的民房，陈旧中透出苍凉。村委会的大院子中，竖立高高的杆子，挂着一只大喇叭。这是身份的符号，权力的象征，声音在不大的空间响起，通过麦克风传出，全村的人不管在任何角落里，墙壁无法阻挡侵入。高音喇叭的出现，瞬间将我心中沉淀的历史赶跑，它的方向，对着不远处的古老驿道。

车子在村路上行驶，溅起的积水，甩得四处乱飞。颠簸中我看清哈尔巴岭站。潇潇秋雨中的四等小站，站台上见不到来往的人，车子停在一道铁丝网拦成的墙前，下车险些踩进水洼里。我的目光被铁丝网撞得零乱，候车室米色的房子，周围有几棵松树，站台上空无一人，竟然那么的空旷。

铁丝网中间，开了一个小门，供过往的人通行。即使下车的旅客，也不是从天桥和地下通道，直接从站台上穿越铁轨，走向乡村的腹地。多少年前，读刘烨园的一篇散文，他写了自己的旧站台：

> 小站在又阴又湿的丛山里。三间潮而旧的灰砖平房，墙上的站名、路徽都是暗红色的了。穿过隧道的铁轨紧靠着对面削平石壁的山踝。年代久了，垂浸水渍的石壁上长满滑腻腻的青苔。它们覆盖的石缝里生出的一些三两片齿状叶子的蕨草，仿佛是山上密匝匝的植被们掉队的伙伴似的。亚热带的青山都这样。野生的数不清的各科灌木、草类和奇奇怪怪四季葱郁的高大乔木相缠混长在一起，毫无空间的层次，莽莽严严地遮住了从近处到远处的黑褐色山脉。旧站台就生存在这样草木丛丛的巉石上。[①]

---

① 刘烨园著：《旧站台》，引自《途中的根》，第 17 页，桂林：漓江出版社，1992 年版。

哈尔巴岭小站已经成为我的旧站，我们经历、生存的环境不一样，对旧站台的理解不可能相同，但都有自己的旧站台。我一次次地走过，心境越来的不同，随着年龄的增长，多一份沧桑，有了新的看法。今天我终于穿过铁丝网，来到无数次经过的小站，望着铁轨和信号灯，过去的事情，离乡的愁绪，纷纷地跑出来。火车一掠过去，记忆留下了，不管时间多久忘不掉。所有的东西在改变，只有土地不大变化，山上的树木自由地生长，哈尔巴岭农家烟囱的炊烟，一天三顿地升起。

抗日战争时期，这里曾经发生过一场名声大震的伏击。哈尔巴岭战迹地，位于哈尔巴岭村西北的铁路线上，距离车站 2.5 公里处，这段铁路不是直线前行，而是呈曲线，南北两侧各有一座小山丘，形成独特的山口。长图铁路必须从两山间通过，往西行走便是大石头车站。长图铁路是一条通往东满的要道，伪满洲国时称京图路，就是长春到图们线，是日本帝国主义侵略者为进兵东北和掠夺资源所修筑的一条具有重要战略意义的铁路线。这条铁路不是幸福线，沿路两线的各族百姓遭受蹂躏，生活在水深火热之中。在国难当头，危急的时刻，活动在这一带的抗联战士们，同日军进行无数次生与死的搏斗，哈尔巴岭伏击战是其中一次较大的战斗。白山黑水之间，莽荒的山野中，血性男儿奋起反击侵略者，在古老驿道附近的铁路上，痛击日本鬼子的嚣张气焰，壮大抗日武装力量，鼓舞东北人民抗击入侵者的决心。

1935 年（伪康德二年）5 月的一天，抗日联军第三军第四师，获悉日军高级将领乘坐的装甲列车，要通过京图铁路哈尔巴岭一段的情报后，立即组织了武装力量，迅速拆毁了这一段铁轨，并埋伏在铁路两侧，准备颠覆这趟列车。乘坐这趟列车的是伪满洲国内阁大臣一行人，他们由伪新京（长春）去伪间岛省（今延边地区）视察。列车是由一节装甲列车，两节高级包厢和八节普通客车厢组成。日军万万没想到抗日联军能在哈尔巴岭这一段拆毁铁路，设置埋伏，所以，列车按正常速度行驶。当列车全速开进埋伏圈时，火车头及前面八节客车厢便出了轨，滚落在约 2 米深的路基下，列车瘫痪了，日军顿时乱成一团。这时，我抗日联军战士齐向敌人开了火，子弹的射击声、手榴弹的爆炸声和喊杀声响成一片，整个战场全部控制在抗日联军手中，战斗进行得很顺利。敌人共伤亡 200 余人，我军则战果辉煌，俘虏了 11 名日军将、校级官员，还缴获了不少武器、弹药和日币 20 万元。

驿道上的马蹄声远去，依克唐阿碑被迁走。哈尔巴岭伏击战的整个过程，被复制到博物馆的革命文物陈列室里作为革命传统的教育材料。我在铁路边上行走，看着路基上堆积的石子，两条铁轨连接远方。

不知道对旧车站说些什么，我感觉到了。

王海锋说，我们走老路，不会返回驿路上了。站台永远是告别的地方，人生和来往的列车一样，悄然地来到，又悄然地离去。现在变成以前的事情，人们不会知道，雨中有人来过这里。

坐在车上，我不忍心再看这一切，拿一块眼镜布，擦拭相机上的水珠，显像卡里储存哈尔巴岭和旧站台的影像。

徒留遗址在荒山

窗外投进的一束光，使我睁开眼睛，注视一窗亮色。列车奔跑的轰鸣声，送走一夜的旅程。拉开窗帘，阳光洒落小桌上，矿泉水瓶子、装食品的袋子、茶叶桶，挂上光的釉色。

置身车厢里，经过十几个小时的行程，我对于这里的环境熟悉。对面铺位是一位跑供热的销售商，习惯东奔西跑，现在还鼾声不减。我感到口渴，拿起矿泉水瓶，喝尽最后的水。水让我想起去年的这个季节，我曾经去过珲春，到边防口岸圈河，走在中朝大桥上，来到桥中间的黄线前，不敢再越一步。这条线是国界，越过线就是进入朝鲜，桥下流淌的图们江，水量不是很大，安静地向东流去。而我这次是去珲春的干沟子山城，它是一座古城的遗址。“浑蠢”源于女真语，即“边陲”、“近边”之意。“珲春”为“浑蠢”的转音，明代称为“珲春卫”。“此地早在周秦为肃慎地，汉、晋为北沃沮，北魏时期属勿吉地，隋至唐初为拂捏靺鞨之南境，白山部之东境，后属渤海南京南海府，江为博罗满达勒部。金代为完颜部肇基王业之地，后属上京海兰路，元属开元路，明代于此地设置珲春卫，明末为满族舒穆禄氏所据。清顺治十年（1653年）此地为宁古塔昂邦章京统辖地，1714年（清康熙五十三年），清政府设珲春协领，这是有资料可查的珲春地名第一次在官方出现。”干沟子山是金代城市遗址，位于珲春市哈达门乡东红屯西1公里的干沟子沟口东北山上。

读关于珲春的资料，我对金代古城充满好奇，田野调查的行程表上，它是被划上红圈的重点地方。几年前，珲春政协的文友孙敏送我一本《满族珲春》，书中有介绍干沟子山城的内容：

> 位于距珲春市区东北50华里处于干沟子东北山上。山城依据险要的自然山势而筑，形状不规整，城墙基本上土筑，城内遍生草木。城内曾出土过礌石、三箭铁镞、扁平双叉铁镞、欠锅、带字石块和瓦片等物。采集文物有北宋时期铜钱“熙宁重宝”一枚，车官列件一个，泥质剑口郑沿陶缸残片等。据《珲春县志》载，在民国年间，有一居民在城内垦地掘得一枚铜镜。从山城的形制及出土文物推断，该城为金代的古城。[①]

出土文物是历史的见证，它们深藏泥土中，躲开飘摇的风雨，在时间中保存下来。尽管历史不能假设，但器物带着那个时代的经济、文化、军事、政治的影子。每一件东西是一个记忆，经过人触摸留下的气息。多少年后，我们吹落泥土，拂去爬满的锈痕，面对这一切，想象中有了疑问。我们想通过各种手段，文字、器物、遗址，恢复当时的社会情景。猜测只是假设的可能，任何一部历史是复杂和残酷的结局，获得成功的辉煌，也有某种

① 尹锡庆编著：《满族珲春》，第239页，长春：吉林文史出版社，2008年版。

错误带来的悲剧。悲欢离合的故事，被时代的大背景淹没，时过境迁，我们面对一座遗迹，一件结满锈痕的文物，在文史资料的缝隙中发现，重新审视那段历史。从史料中，我们找不出任何记载城中的最高统治的名字，干沟子山城曾经发生过什么重大的事情，有过何种激烈的战役，它是怎么毁灭掉的。这些问题史学家恐怕无法回答，出土文物并不是说明书，标注何人持有。

> 任何一种历史存在于这种无限系列之中的既定的事态，都会组成某种变化，因为使现存的种种精力通过活动释放出来的各种需要都是永远无法得到满足的，而且，人们对所有各种满足的渴望，也同样是永远无法得到满足的。[1]

阳光洒落身上，我的想象和光一样，暂时变成碎裂的片，丢弃记忆中。

流动的早餐车来了，女服务员用一口标准的东北话，吆喝吃早餐了。车厢里躁动，醒来的人话语多了。历史这时消失，我所面对的是现实，饿了一夜的肚子急需填补。我和自己商量，早饭吃什么。

注视窗外变化的景色，北方秋天的色彩浓重，树上的黄叶，一天天变多。列车驶过一架桥，桥下的水浅，倒映岸边的树，一座村庄依偎水边，地里成熟的苞米棒子，迎接新一天的阳光。

有几家的烟囱中冒出的炊烟，使乡村有了生活的景象，在图片、电视中，对乡村的感觉不一样。这一段时间里，脑子里堆积太多的山，山上是古代遗下的城址。阅读和现实搅和在一起，分不清彼此，哪一个是真实的。

---

① ［德］威廉·狄尔泰著：《历史中的意义》，第 118 页，南京：译林出版社，2011 年版。

二

灯光下，打印的资料铺床上，我躲在房间里，又一次读上面的文字。夜色使窗外的城市安静，偶尔有一辆驶过的汽车打破恬静。干沟子山和历史是一种联系，它是大地上的一座普通的山，生长的杂树林、灌木林和野花，沟谷里流淌的溪水，使山有了灵性。各种野蘑菇、冻蘑、松蘑、榛蘑、芫蘑，高耸的松树上，每到秋天结满松塔。干沟子山如同庞大的体系，我琢磨妥当的进入口，不仅是进山的道路，而是熟悉这座山的向导。我贸然进山，在谜一样的山里，花费多少的时间，也不一定找到更多的东西。

干沟子山位于珲春市哈达门乡东红屯西 1 公里的干沟子沟口东北山上。西南距县城 25 公里。山城南 1 公里为珲春河，山城依险峻的山势而筑，方位北偏西 80 度，平面呈不规则形。东、西、北 3 面城墙较直，南墙弧曲，周长约 2500 米。垣多土筑，部分为土石混筑。南墙和北墙较低，东、西墙较高，最高处达 6—7 米。山城有门址两处，一处设在南墙的东北段，一处设在西墙与北墙的折弯处，即山谷的沟口，并筑有瓮城。城墙共有 8 处马面和 4 处角楼。这类建筑有的以石垒筑，有的用土夯筑，集中设在东、西城墙上。东北角与西南角有角楼遗迹，登临此处，可俯瞰城内外。

城内多为慢坡，分布有数十处居住址。居住址一般为边长 5 一 8 米的方形围墙，或圆形浅凹坑，居住址内散存着少量泥质陶片。在距西南角楼址东北 200 米处的缓坡上，可以见到一处边长 40 米的小城，城内有东西向 5 排房址。《珲春古城考》载：“城内市街房舍，遗迹宛然，有础石二十七，观其形制，建筑之宏，可以想见。”城内出土许多珍贵文物。《珲春古城考》载：在干沟子山城曾“发现钩戟二具，锈蚀过半”。“居民掘地，曾得铜镜一”。关于铜镜尺寸、纹样，《珲春县志》有详尽的描述：铜镜“径五寸许，柄长三寸许，镜背有树一，弯形。有一人（似图本中神像，头顶有圆光）坐树下，一人扶伞（仪仗属之伞形未支开），有飞鹤一龟一向之坐树之上。有日月悬空，均隆起，镜面平滑无文字”。与金代的仙人故事镜相同。城内还出土过“熙宁重宝”铜钱、礌石以及各式铁镞、铁锅、车辖、带字石块、瓦片等。

这些反映出古代依靠山形、山势修筑，增强城市的防御性能。厚重坚实的城墙，经受不住时间的考验，有一天突然倒塌，溅起的灰尘不肯散去，形成灰云蔽日。

延吉秋阳高照，奔走各处的古遗址，几乎天天在山中度过。电视台的天气预报说，珲春明天有大雨，这个信息让我担心，不可能雨中登山。雨使山路不好走，无地方避雨，遇到电闪雷鸣，人处于危险之中。

临睡前，我向窗外望去，没有雨的迹象，心里有些着落。

2012 年 9 月 29 日，天空阴沉，不是那么透亮，但不是阴云密布的样子。车子驶过延珲高速公路收费站，我彻底地放松，公路依山而走，山势不高，突现北方山野的特性。我怀中抱着摄影包，资料也带在身上，我记忆模糊的时候，它起到决定性的作用。

一路上和开车的张延杰说话很少，向车窗外望去，不时闪过的风景未吸引住目光，而是心在干沟子山，梳理文字中讲述的历史。一个多小时后，车子来到哈达门乡，GPS 定位仪指到了目的地，不再工作了。哈达门位于珲春市东北部，珲春河北岸，清顺治初年，就出现满族村落。1714 年，清康熙五十三年，从宁古塔迁徙来很多满族的关姓、铁姓、季姓，在这块土地上安家落户。哈达门原名哈达玛，“哈达”满汉译称为“峰”，“玛”是“坳”之意，它们结合一起，被译为“驼腰岗子”。哈达门也是珲春地区朝鲜族最早的聚居地，它过去是海上“丝绸之路”的重要驿站，这里的满族、朝鲜族民俗风情积淀丰厚。

我们只好下车，在路边一家修摩托的门市部前，打听去干沟子山的路怎么走。修车的小伙子，将他手中带油渍的扳子，向前方一指，往前再走十几里就看到了。我们谢了师傅的指路，重新坐在车里，直奔东红屯西的干沟子山。

天气突然变化，云遮蔽天空，雨降落下来。车子瞬间被雨水包围，雨刷不停地划动，前方的视线不好，车子放慢速度。远处的山峰笼罩雨雾中，晴好的天气被雨破坏掉，上干沟子山的兴趣消失，我面对突如其来的访客。车子驶到一个岔路口，不敢再往前开了，从行走的路程感觉开过。雨越下越大，敲得车棚直响，我们停靠路边，等待有过路的人，问一下怎么走路。车速并不快，走出不远就看到，从前方有一辆小车驶过来，驾驶员减速，知道我们需要帮助，打开车窗，隔着细碎的雨，张延杰询问路的方向，他说多跑过一段路，我们调转车头往回走。干沟子山的界碑竖在路边，被雨水冲得干净，我们远远地望到。东红屯的面积不大，依偎山脚下，高耸的山峰就是干沟子山，满山的树木遮挡，无法辨清山上的情景。

雨中屯子安静，无人影出现。我冒着密实的雨，脱下衣服遮挡相机，对着干沟子山的界碑拍照。雨打湿衣服，秋雨的凉意，从头皮浸到身体里，浑身往外冒冷气。

车子在屯子中的小路转悠，突然看到年轻的小伙子，从屋里走出来向马棚奔去。我急忙下车，走进敞开的院子里，想了解干沟子山的情况，屯子中谁知道山的历史掌故。雨不停地下，走不出几步远，很快淋湿头发，每走一步，留下一个泥鞋印。小伙子面对我这个陌生人，热情地打招呼，请我到马棚里避雨。两匹马在槽子里吃草料，湿润的空气中，弥漫马粪味。我和小伙子说明来意，他说来这里的时间不长，还不清楚此地的情况。小伙子指往远处的一幢房子，那家是老户。

谢过小伙子的指引，我在泥路上艰难地行走，躲开积攒的水洼。衣服里的相机碍事，走路不方便。我被雨水包围，身上淋得湿漉漉的，全身上下凉透。

这是一幢砖瓦房，烟囱冒的烟，瞬间被水湿的空气吞噬。我抹一把脸上的雨水，轻轻地敲响房门，屋内传出男人的声音。拉开房门，一阵热气扑来，冷热相交中，一铺大炕上坐着稍大点的男人，炕沿上坐的是年轻小伙子。我走进屋子里，地上留下水湿的鞋印，我介绍来此地的目的。炕上的男人大约五十多岁，叫吴海刚，是这家的主人。小伙子是来串门的邻居，名字叫王志伟，今年 28 岁，他们是土生土长的干沟子山人。我问年纪稍大的吴大哥，有关干沟子山的故事，山上古城遗址的情况。吴大哥说，他一辈子住这里，真没有听说过什么，他指了一下王志伟说，他天天上山放牛，那里的一沟一坎，每一条溪水他都认识，今天要不下雨，早就上山放牛转悠了。乡村人朴实，待人热情，他邀请我上炕暖暖身子。普通的农家屋，炕上摆着炕琴、高低柜，墙上贴一张明星画。宽大的铝合金窗子，玻璃上爬满水气。屋子里的温度高，吴大哥穿着短袖，我身上被雨水打湿，冷和热纠缠不散。

雨天打破行程，既然来到干沟子山下，我还是想到山边看一眼，能走多远是多远，要不回到山东会后悔的。激烈的斗争中，我问进山的路怎么走，王志伟爽快地说，我陪你们去，你们不好找路。王志伟的话真让我感动，他穿着一双拖鞋，我说这鞋行吗？他说不成问题。小伙子让我过意不去，山里的人不愿意雨中上山，因为大山中深藏危险。我们坐上车子，王志伟指点方向，顺利地走出屯子。

车子在土路上颠簸，山野湿得不真实了，我们沿着干沟子山边行走，去进山的路上。一条河绕山流淌，王志伟说，必须蹚过河才能进山。车子停在滩地上，张延杰留守车上，王志刚陪我进山，继而在雨中向山中行走。

三

我们站在河边，雨中的河水仍然清澈，看到河底的石子。流淌的水和落雨声混杂一起，在河滩上格外的清脆，对岸是一条盘曲的路，通向山顶的古城址。我问王志伟，这条河的名字，他说山里有老一辈子人传下的规矩，谁第一个落户，屯子和山沟的名字随他的姓。王志伟每天赶牛进山，走的就是这里，他与山，山与他，形成特殊的情感，早上迎着新升的太阳，在牛脖子的铜铃声中走出屯子。一个人和一群牛在山里转，夕阳围困山头的时候，他赶着肚子吃得饱饱的牛，从山里往回走。一天蹚过两次河，那个位置深浅，流速的快慢十分清楚。

现在是北方的深秋，天气一天天凉透，我从未在这么晚的季节赤脚蹚水，面对秋水犹豫半天。我要保护相机，裤腿必须挽到膝盖，脱下散步鞋。

脚踏进河水中，仿佛无数个冰针刺向光裸的脚，凉气陡然地钻遍全身，感觉小腹下坠。水中卵石遍布，突出可见，每走一步，石子硌得脚疼痛。水冲击双腿，几乎失去平衡，我与水搏斗，王志伟在岸边伸出救援的手，拉我快速上岸。秋水对身体伤害极大，我顾不上什么了，水湿的脚无法穿上鞋，挽起的裤腿，滑落河水中，有一截被水浸湿。

冷风、秋雨、湿裤子，我被这些东西困住，屈服是唯一的办法。进干沟子山的路口，我跟在王志伟的身后向上攀登，从山口踏泥泞的路，一步步地前进。山里的树多，不断地撞进视野中，它是山的注解，当它和山结构一起，使山有了野的灵性。任何人走进山中，不可能无动于衷，为大自然叹服。

王志伟穿着黑拖鞋，在前面领路，他熟悉这条山路，雨中变得湿滑难行。这一带是碗口粗的柞树林，地上的植被并不茂密。我在后面，镜头对准王志伟拍下影像。路左边从山顶淌下的溪水，回环曲折，一个转弯，又一番景色。水中多石，流速急湍，哗哗的流水声，使山中含满诗意。地脉和人的身体一样，水是土地的血脉，山是支撑的骨骼，山中有水，水中有山，它们唇齿相依，如果山中缺水，这座山的气脉就断了。一片空地上，稀疏地长着柞树，王志伟停下脚步说，这里原来是工棚子，很多遗下的东西被破坏了。日本鬼子侵略东北时，抓来的劳工关押在这里，逼迫他们采伐山上的木头，不知毁伐多少树。雨中的空地，那一棵棵孤独的柞树，如同一个个冤魂，述说历史上发生的事情。

雨势不减，山里显得幽深，山头雾气缭绕。我想加快脚步爬到山顶，

干沟子界碑

放牛人王志伟

两颗礌石

山中流淌的溪水

村民吴大哥坐在家中的炕上

干沟子山近景

探查古城址的情景。

山路两边，有两座巨大的土包，如同大门的柱子，守护进山的要道。王志伟说，这是过去留下来的，不是人工堆砌。我站在路中间，望着左右两边，各有一个土包，想必是进山守卫的第一道岗哨的掩体。当时是冷兵器时代，自然的障碍，人们的勇敢决定胜败的关键。哨兵伏在后面，利用广阔的视野，监视远处的情况。多少代下来，它们忠诚地执行自己的信念，守护进山的必经之路。土堆表明山上古城的存在，这不是什么独特建筑，依山形而筑，利用天然的优势，巧妙的地理环境和战略的结合，从中发现山的历史。

雨中的山路安静，除了王志伟这样的放牛人，还有采山的人，一般人不会来闲逛。雨中的土包孤独，当年隐藏后面的士兵，早已化作山中的泥土，他们身体暖热过的土堆，还在坚守和等候。大作家雨果在里矶—居姆山上，并不是浪漫的歌吟，不管是什么人，面对一座山时的感想，不可能相同：

> 在里矶—居姆山上待了一个钟头之后，人简直成了雕像，就像在顶峰那里扎根，大家情绪普遍激动。这是因为记忆比眼睛忙碌，而思想比记忆更忙。不仅仅是地球的一端奔来眼底，而且历史的一段也同时奔来眼底。旅行者来此寻找的一个观察点；思想家来此是找到了一本赅博的大书，每个山崖是一个字母，每个湖是一个句子，每个村落是一个重音，从这里两千年的回忆像一阵烟似的流出岩岫。地质学家可来此探索某一山脉的构造，哲学家可来此研究一些国家的人、种族和观念的形成。这也许比别处更加深沉。①

在土堆附近，王志伟找来一颗圆石，我不明白石头的意思，王志伟说，

① ［法］雨果著：《伯尔尼—里砚山》，引自《雨果散文》，第 194 页，北京：中国广播电视出版社，1996 年版。

这就是电视剧中扔的礌石。古装影视剧守城池的防御战中，攻城的士兵，被高处投掷的滚木、礌石，砸得人仰马翻。在冷兵器时代，干沟子山在特殊的地理环境下，当一方从山下攻打，向高处的山峰发起冲击。守军从山城墙上往下扔礌石和滚木，这是一招致命的武器，砸得进攻方尸横遍野、血流成河。礌石呈圆球状，表面粗糙，弧度不均。它说明干沟子山在军事战略上的地位，为我们调查山的历史，提供实物的资料。

王志伟为了使我看清礌石的真实面貌，他跑到溪水边，洗掉上面的泥土。水湿的礌石，摆在溪边的草地上，感谢这位志愿的向导。

蹲在礌石边上打量半天，过去的时间穿越时空，来到溪水边和我们相遇。触摸礌石，感受史上战争时的绝杀武器，如今它被丢弃山野中，无人注意它了。我转动礌石，不断地变换角度，历史越来越走近。礌石被溪水洗净，身上也有伤痕，有的来自于战争的残酷，一次次击中侵犯者的肉体，山坡上滚动时，碰在岩石上，撞在树上留下的。一种伤是时间的磨蚀，战争结束，冷兵器时代早已消失，礌石失去作用，躲在乱石中。

王志伟又找来一颗礌石，摆在一块相依相偎，历史在雨中降临，王志伟指着礌石说，原来有很多，有的被人捡回家垫东西，人的被埋泥土中，也有的顺河水冲向下游。盘绕萦纡的溪水，顺着山势向下流淌，清脆的水声，拂去心中的浮躁气。礌石和它相望，在山野中它们共存，度过多少的日夜。我感受礌石粗糙的质感，当时的兵士从山上采下青石，凭手中的凿子和铁锤，造出一颗颗礌石。艰苦的劳动，在单调和机械中完成，这一切成为古老的过去。新世纪的阳光下，我们面对礌石，从中挖出历史和战争。当时的士兵躲藏山上的城墙内，利用天然的优势，向进攻的目标发起猛烈地反击，投下滚木，扔出礌石。原始的子弹在林中乱窜，下坡产生的强大冲击力，不是一般的东西能够阻挡住。遇小树撞断，碰大树弹出，撞在士兵的身体上，击得血肉横飞。

雨越下越大，阴云紧贴山尖上，遮住太阳的出现，整个山沉浸在庄严的气氛中。除了雨水和溪水的流淌声，山间无一点杂音。这样的宁静对我而言，有些梦幻般的感觉，一个久居嘈杂城市中的人，突然来到恬静之中，反而适应不了。

> 杜甫《春望》诗中说“国破山河在”，表达了对山河永恒性的寄托，而这种可以补偿“国破”的山河感情，绝不是纯粹的自然山水之情，而是在自然山河中感受到了一种可以认同的人文国家品格。应该说，这种依托自然山川的人文国家品格，来自根基深的“名山大川”的礼法传统。“名山大川”在古代，绝不是游人多往而“俗”成的胜景，而是由王朝正式确认，有严格祭祀制度的特定的高山大河。①

曲折的溪水，两颗古老的礌石，还有一身旅途的尘土，我们相遇在干沟子山上。秋雨中断进山的道路，命运安排这次实地考查，被赋予无法预想的事情，我不是坐在残破的城墙上听风的述说，走在遗弃的街上，聆听爱情和战争的故事。我带着相机一起闯入历史里，进入事件中辨认曾经的主人公。

这不是摆弄姿势，为了创作一个主题，而是历史留下的真实，它的残躯还保留历史遗下的体温。

从山上淌下的溪水，虽然不著名，但只要看一眼，任何人都被吸引住，停下行走的脚步，走近它的身边，手伸进清澈的水中。

溪水穿行山中，从山顶上往下流淌，一路自由随势而行。水弹奏出一曲古老的调子，使山蕴满生机。不同区域的溪水，呈现不一样的身姿，它是一部流动的大书，记录山中的一年四季，记录沧桑的历史变化。

我站在溪水边，向山上望去，端详每一处地方。雨水密集，相机躲藏

---

① 唐晓峰著：《人文地理随笔》，第 22 页，北京：生活·读书·新知三联书店，2006 年版。

衣服里，它拍摄很多珍贵的影像。雨水模糊视线，在脸上滚动，我经受秋雨的考验，礌石和溪水的叙事中走进历史，结束短暂的行程。

干沟子山有一条血脉似的山路，等待人们从这里出发，走进山顶上坐落的古城，听它讲述前尘往事。

2012 年 9 月 29 日，12 点 11 分，在秋雨中的干沟子山，这是我日记簿上记下的一段话。

腰甸子的二十四块石

几年前，我开始关注长白山与满族的历史，在朋友们的帮助下，不断地得到各种资料。

2012 年 9 月，我去敦化走了几个地方，来不及去腰甸子二十四块石，后来读了很多的文史，都谈到腰甸子的二十四块石。从大山嘴子村，沿着牡丹江北岸，一路排列有榆树川、腰甸、新甸三个屯落，它们坐落于额穆通往宁安的古路上。清末的时候，有人在榆树川开店，当地人称上店。后来有王姓人家，来到下游开店，可能店主脸上落下天花的瘢痕，大家都叫王二麻子店，习惯地称为下店。不久以后，有人从下店往东五里的地方，开一家新店房，来往的客商都称新店。围绕店的附近，搬移来零散农户居住，下店变为居中，人们改口称为腰店子了。驿道是当时的重要交通枢纽，除了缠绕乡村的简陋土路，长途跋涉，车辆必须走路况好的驿道。由于来往的客商多，在一定的距离内设置驿站。各种人物在站内“打尖”，带来新的信息，捎走一部分信息，这个不大不小的地方，变成社会的公器。驿站边的空地上，很快形成自由的交易市场，随之出现店铺，有了鸡鸣，有了狗叫，有了居民的安家落户，闻到炊烟的气息，形成一个村落。

时代变迁，当时重要的古路荒废，店房随着大路的萧条，一家家倒闭。这里变成“胡子”出没的地方，居住的村民忍受不了荒凉，背井离乡。解放以后，政府从外地移民重新建屯，“店”字写成了“甸”。

腰甸子二十四块石，位于大山嘴子乡的腰甸子村东，北面是山，南临牡丹江，地理位置特殊。牡丹江水舒展身子，快乐地甩了几个弯，留下大片的湿地和湖泊，又向东方流去。满清以前，腰甸村就有肃慎人在此居住，历史上是渤海国人聚居的一个很大的村落，是从吉林通往黑龙江宁古塔的交通驿站。考古研究人员做田野调查，发现过十几个花岗岩的房基石，石面上刻有莲花线纹的图案。有一整块黑色玄武岩石头，长 2.5 米，宽 1.6 米，厚 50 公分蜂窝眼状，中间人工雕刻的五阶台梯，大约有 2 到 4 吨重。出土的陶片，清代的砖瓦，有黑色的，红色的，石柱的柱础还在原地保存。

二十四块石也是带眼的黑色玄武石，大约一米见方，成三行排列。现在的二十三块石头，只剩下二十三块，丢失的那一块石头，至今下落不明。当地的人说不清，它被弄哪去了，来往的考古人员，各说各家推测的理由，倒是留下神话传说。盖大姐从小生活在雁鸣湖边，从老一辈人的口耳相传中，听到不少“瞎话”。《黑龙和白龙的故事》在民间流传很久，自从盖大姐懂事的时候，就听过这个故事：

自从秃尾巴老李从山东飞到镜泊湖住下来之后，在深水中长大，从来不上岸游玩。有一天，天空里乌云密布，大雨瓢泼，几天几夜，洪水猛涨，淹没了良田和村庄，也淹死了人和牲畜。人们纷纷来到江边，哭声一片，口念白龙爷爷求你大发慈悲，洪水不再涨，不再淹死人和牲畜，多多保百姓平安吧，并摆上猪、羊、牛、馒头、香、纸等供品祭拜。水中的鱼也惶惶不安，因水大水混，水底下的空气也不好，此事惊动了黑龙（秃尾巴老李）。黑龙出水一看，在云雾中有一条白影，似蛇又似龙的怪物，张牙舞爪，在空中作怪，一会是倾盆大雨，一会是狂风大作，天连水，水连天，到处是汪洋一片。黑龙看见老百姓被水灾淹得实在可怜，黑龙生于人的本性，不顾一切地飞出水面，蹿上天空，想阻止白蛇妖的作为。不容分说，黑龙与白蛇妖在天空中打了起来，第一天没分胜负。

黑龙变做人形，告诉江边、湖边的父老乡亲："我是黑龙，秃尾巴老李。"可以给你们除妖，保你们平安，风调雨顺。从现在开始，快快找人捡石头，让妇女在家做馒头，在江边、湖边，堆成几大堆。明天我还要和白蛇妖打仗，在云层里，你们不要害怕，如果有黑色的龙爪伸出来，你们就往空中扔白馒头，如果有白爪伸出来，你们就扔石头，我吃饱了，就有力气打败它。打仗时不伤老百姓，可以看，不要害怕，我是人生的黑龙，我娘在山东。第二天雨停了，天地都在雾气中，人们只看见天空云雾中有两条带子一样，一黑一白，上下翻滚。午时刚至，一只黑手伸出云雾，人们忙着往天上扔馒头。不时又有白手伸出云层，人们忙着扔石头，这样反复几次，一直打到天黑。黑龙告诉百姓，谢谢大伙帮了我的大忙，多备石头和馒头，明天还继续干。

第三天，云雾淡薄了，天空中被白色的青纱笼罩，黑龙和白龙又打了起来，人们像昨天一样扔馒头扔石头，扔石头扔馒头，帮着黑龙一心想除去白蛇妖。傍晚时分，只看见一线火光飞向西南，黑影随后便追，当飞到二十四块石时，黑龙在空中看见了这里有大块的石头，口念真言，抓起一块大石头，向白蛇妖砸去，只见一溜火光，直奔正西而去，无影无踪。黑龙回到湖边，谢过父老乡亲的帮助，回到湖里修养，从此镜泊湖边，牡丹江畔年年风调雨顺，五谷丰登。

腰甸子二十四块石的石碑

排列的二十四块石

敦化女作家左起：小夭、尹卓玲、盖淑兰

传说不是历史的记录，它是地缘文化的表现。当地的人们怀念黑龙，也知道黑龙就是秃尾巴老李。为了纪念它，一辈辈的人不忘记这件事情，将牡丹江下游称作黑龙江。人心总是善良的，善与恶是一场生死的搏杀，经过艰苦战斗，善良战胜恶势力，迎来新的生活。朴素的浪漫主义色彩，真实地反映人的理想，对未来的美好向往。

2013 年 6 月 23 日，我在雁鸣湖镇的林场办公室和民俗学家盖大姐相识，她的出现，使这次行程有底了。

上午盖大姐陪我们去古驿道，看到了历史上曾经辉煌过，现在残败的塔拉站，心情都变得不好。我的历史地图被现实洇湿，一片模糊，想象被击得摇摇欲坠。我们奔波一上午，一口水没有喝到，内心的焦虑灼伤情感。

中午菜肴丰富，上来雁鸣湖产的鱼，有的我不认识，其中有一个头特别大的黑鱼，盖大姐介绍说，这种鱼叫胖头鱼。味甘性温，能起到暖胃、补虚的作用。体质虚弱的人，最好多吃胖头鱼的鱼头，它的温补效果很好。这条鱼发出的信息，又燃起我奔走的情绪，想起午饭后要去的腰甸子二十四块石。

从雁鸣湖到腰甸子，路途顺畅，刚吃完饭的缘故，车上的人交流不多。我透过车窗，看着湿地的风光，回想少年时读张笑天的《雁鸣湖畔》。书中的细节，一点想不起来了，只有书名清晰地记住。长白山区的下午，阳光充沛，车子停在村口边上，我们一行人步行，走到二十四块石前。二十四块石的四周，铺着一圈有镂花的水泥板块，中间孤独地竖立一块碑，阴文地书写“腰甸子二十四块石”，几个红字醒目，与山清水秀的大自然不相符合。

我们面面相对，无语是最好的追问。触摸石碑，指尖感受到阳光晒在碑上的温度，它浸入到皮肤中，融入血液里。它们相遇的一瞬间，记忆中读过的文字，一排排地涌来。纠缠一起，在时空中滚动。四周是一层层围合而来的玉米地，我不知该怎么对想象解释，现实和历史不讲情面，它们只面对真实，没有贿赂的机会。

二十四块石，如同一个团队，在时间中遵守自己的职责。它们排列三行，间距相等，高矮一样，每块石头约长 80 公分，高大约一米。一年四季中，不论狂风，还是暴雨，即使铺天盖地的大雪，它们不改变姿势，保持自己的尊严。当地流传着对于二十四块石的说法，那是很久以前的事了，渤海国的公主叫真慧，非常聪明，美丽，由于一场大病，不幸病故。送葬的队伍抬着棺椁，送往敦化的六顶山古墓群埋葬。因为路途遥远，抬棺的人，要在路上走十几天。中途棺椁不能落地，每 60 华里就有一处二十四块石，人们休息时，把棺椁停放在特制的石上。

基石的表面粗糙，下半部沉入泥土中，剩下的二十三块石，已经出现裂痕。当初是一个社员用炸药震裂的，他想用石料做房基，由于及时制止，避免遭受巨大的损失。盖大姐说："此处缺失的石头被风刮走，现在在杨木嘴子村的后窑里，石头大小材质和其他石头没有分别，是她去挖野菜时发现的。"这么大块的石头，需要多大的风暴吹动，一点点地顶风往前滚。或者有人故意将它搬动，制造一个天下的谜，让后人去猜测。诸多的疑问，当前研究的学者都无法找到答案。杨晓华说道："也许注定就没有答案，答案随着岁月的风化和凋零，消失在历史的底层。"这是诗人的答案，带有浪漫的想法，总有一天，它会被学者们揭开谜底，猜出这个"闷儿"。

2013 年 9 月 6 日，星期五，上午 9 点 30 分，我打电话给盖大姐，询问她怎么发现丢失的那一块石。

鲁北平原的秋天，白天还是热，我坐在地板上，背倚在书橱上，听着远方盖大姐的声音。

眼前出现那个遥远的日子，2011 年的春天，天气晴朗，苣荬菜，婆婆丁，柳蒿芽，水芹菜，从回暖的大地拱出。盖大姐背着双肩兜，装着挖野菜的工具，离开雁鸣湖镇时，步行回到了童年生活的老家鲶鱼岗子。

早在满清时代，鲶鱼岗是吉林通往黑龙江宁古塔的驿道，驿站的遗址在鲶鱼岗东 400 米处，现在被开垦成农田。向东流去的牡丹江水，身后留下大面积的湿地，养育两岸的百姓。在这片古老的遗址中，挖掘出古人的陶片，渔网上使用的泥网坠。通过一系列考古发现，根据物品推断，远在渤海时代，就有肃慎人在这里居住生活。

鲶鱼岗地理位置独特，牡丹江水从这流过，江水倒灌进鲶鱼泡子里。每到渔汛期，鲶鱼一拨拨地游进鲶鱼泡子，躲在安全的地方，完成它们的交配期。鲶鱼泡的岸边是一大片黄土岗，根据自然的情景，人们形象地叫鲶鱼岗。盖大姐出生在这里，现在她家还有坟地和林地。后窑地是古时候烧青瓦盆和网坠的地方，她发现那块大石头，石头的大小，都和腰甸二十四块石一样。有些事情说不清，大块石头怎么来到这里？现在它离腰甸二十四块石 30 华里，这可不是短距离，一般的运输工具不太好运，石块独自在野地里待多年。

盖大姐在后窑地，碰到同样挖野菜的老马头，他 82 岁了，出生在杨木屯与鲶鱼岗子之间的马山嘴子屯。盖大姐问他，这块石头的来历，他慢悠悠地说："打记事的时候，这块石头就在这里。"马山嘴子屯住着姓马的人家，他家几代人，过着半渔半农的生活，不知过了多少年，后人都说不清楚。现在老人，只记得自己是在老房子出生的，从出生那天开始，门前

石花

是大片的湿地，紧挨牡丹江边。2013年6月30日，12点53分我收到盖大姐发来她的《情系雁鸣湖》。从这部书稿中，我不仅走进雁鸣湖的历史，对于一个60多岁的农村老人，还在东奔西走地搜集整理当地的非物质文化遗产，我向她致以崇高的敬意。

在一块石上，我看到有一片白菊花似的东西，我不解地问盖大姐，她一边摸着说："这是石花，是一种中药材，晴天的时候它变干，雨天潮湿，它就开始生长，这种药清热解毒利尿。"《吉林中草药》记载，它是梅花衣科，属植物藻纹梅花衣，以叶状体入药。四季可采，晒干，可以生用。我也伸出手，感受石花的气息，盖大姐对于这一带的山川草木，如同掌上的家珍，几乎样样都能回答出来。

我们一行人，围着二十四块石转，看看这块，瞅瞅那一块，怅然在弥漫开。这么多年过去了，历史遗留下的谜无人解开。对于谜底的破解不重要了，我担心二十四块石的命运，在天荒野地中，它还能挺多久。

我注视盖大姐的神情，注视几个文友的举动，无不透出怜爱和担忧。我举起相机，捕捉镜头中的影像，这些画面，有一天变得珍贵，它就变作史料了。

换一种眼光看历史

只有曾经的故事在口头流传

老铜佛寺只有一条街道，店铺密集分布，卖肉的铺子、大车店、油坊、木匠铺、中药铺、酒烧坊、铁匠炉、杂货店等大小商家。街上样样俱全，生意兴隆的情景，后人念念不忘。

“从 1890 年以后的 50 年间经济非常繁荣，就拿铜佛寺这个地方来说，仅仅算个农村集镇，人口数千人，在伪满时记载，领取饮食业执照的中朝两族的饭馆就有 20 多家。其他行业也不止一家两家。油坊有天惠东、永发泉。杂货店有同裕福、福和隆、义顺和、义顺西。中药店有张景和、义发和。铁匠炉有王家炉、聂家炉、两家尹家炉等等，很多有名的字号，都已成为历史。”

铜佛寺车站

不长的街道，聚集这么多的老字号，而且名声在外，可见当时昌盛的情景。老字号就是一段历史，不会被时间遮蔽，通过它了解当年的铜佛寺。

2011 年 9 月 16 日，李鹏山开着越野车，陪我来到铜佛寺，站在丁字街口，昔日的土路铺上柏油面，两旁见不到老建筑，邮政局的二层楼，洋气的外形显得高傲，院墙上喷写着“网络宽带，农民致富的天地”、“买化肥到邮政局”，白墙上的大绿字扎人眼目，广告和邮政局似乎不搭边。街边的店铺，一家挤一家，“永泉建筑”、“百姓大药房”的牌匾竖在门头上，也有的挂在路边的电线杆子上。穿花短袖衫的妇女，提着一只活鸡走过，一头白发的老太太倒背双手，走在路的中间，寻不到史料中说的景象，只有曾经的故事在人们口头流传。

光绪初年，铜佛寺这一带还是森林蔽日、沃野千里，只住着稀稀落落的几户人家。光绪十三年（1887 年），村中有个叫姜氏老五的人，整天在波涛滚滚的布尔哈通河畔打鱼，若说姜氏老五打鱼，那是真有一套，网网不空，尽打大鱼，一天他把旋网像朵花似的甩了下去，不大工夫，他轻轻地提了提网，便觉着挺有分量，他断定这条鱼准不能小，他提呀提呀，估计差不多的时候，用尽力气一提，真的提上一条大鱼。他忙着打开网，正想伸手去拣，可是细细一看，不禁大吃一惊，这哪是鱼，原来是一尊一尺多高的金黄铜佛。

虽说这网没有打着鱼，姜氏老五却也满心欢喜。他想，这尊铜佛比石头都沉，那么多的石头没打上来，偏偏把铜佛打上来，这可不一般，他回来向村里人们如此这般的说了一遍，村人们都觉得惊奇！大家伙儿把五业兴旺、家家平安的希望寄托在铜佛上。

姜氏老五打上铜佛的事，很快就传开了，也惊动了乡里地方，大家在商议为铜佛修庙。说也凑巧，正赶上吉林将军长顺勘边路过此地，便找乡里地方询问些事。长顺将军请来了铜佛看了又看，只见这尊一尺多高的慈善佛像闪烁着金光。将军说："这尊佛像很好，等我勘边回来把佛请去，修座祠庙供俸起来。"长顺将军回来后，真的把铜佛请回去了。

长顺将军回去后就在将军府后院，挨着墙修个临时板庙，将铜佛供奉在那里。

这将军府后院，有伙房，有柴草垛……一天半夜时分，柴草垛突然起了火。将军操劳一天刚入睡，就听有人喊："长顺！你还睡觉啊，你要把我烧化怎么的？"将军以为做梦，翻身又入睡了。这时又响起铜佛的声音："大火烧化了我，你还睡？！"长顺将军猛醒过来，只见后院大火冲天，将军慌忙起身指挥救火，很快就扑灭大火，保住了铜佛。

不过几天，长顺将军又梦见铜佛向他说："长顺！你把我送

铜佛寺岐阳水库

车站老建筑

《渔猎生活》，绘图：王军

回原籍吧，我不愿待在这里。”于是吉林将军便打发人送铜佛回原籍了。

话分两头。这边的乡戚也在张罗，有的说：“咱们得修个庙”。有的说：“请佛就得修庙……”，就在人们打算修庙的时候，吉林将军派遣送铜佛像的人赶到了，他们赶了六七天的旱路，终于把铜佛送回原籍了，将军又批了八百两银子，作为建庙的经费。

经过一番准备，光绪十五年（1894 年）经过一年的建筑，寺庙已建成大殿三间，东西廊各三间都修完了。只剩下钟楼、鼓楼，山门未修了，这可难坏了乡亲们，怎么办呢？大家就捐款，有的拿三两银子，有的拿五两，都写到捐款簿上，可是还没有凑够。大家又想起还是给吉林将军写个信吧。事过不久，将军又来一封公函给珲春副都统，叫帮助筹集一下。珲春副都统也十分重视筹款，筹到宁安去了。这回停了一年工的庙又动工了，到光绪十八年八月十八日竣工了。①

2011 年 9 月 16 日，去龙井看望二叔，我们聊起很多过去的事情。他送了我一本《龙井地名志》，书中读到的传说，帮助我进一步了解铜佛寺，它和土地紧密联系，是历史中不可缺少的一部分。

建筑中的历史气脉被斩断

铜佛寺站是一个四等站，建于 1924 年，距离长春站 455 公里。每次回家乡都要经过它，站牌瞬间闪过，留下的疑问缠绕很久。

“棒打獐子瓢舀鱼，野鸡飞进饭锅里”，在过去的年代里真有此事，并不是人们说的“瞎话”，清朝时称铜佛寺为“尚义社”这是官家设的驿站。

① 臧天和主编：《龙井地名志》，第 254—255 页，内部资料，1985 年版。

清廷封长白山为满族的发祥地，将山的东部开垦成皇家禁地围场，不允许老百姓开发种地。驿站周围少有村落，人烟稀少，后来清政府开禁，采参人定居下来，他们的亲戚从远道投奔而来，1881年以后，形成居住的村屯。

铜佛寺这个地方在风水先生的眼中是极其罕见的风水宝地。据老人们讲曾有南方人来这里看了风水，他认为东北方有一山叫偏脸城，酷似一只大乌龟的头伸向布尔哈通河中，东南方也有一山头叫钓鱼台。身后一条细长的山脉恰像一条巨蟒将头探入细鳞河中，龟蛇遥遥相对不断向前移动，当两山走到一起时此地便有帝王出现。清王朝岂容再出皇帝，于是派人破坏这里的风水，至今在两山背后挖掘的沟壑痕迹犹存。铜佛寺的正前方是南大砬子，好像一只雄鹰守护着家门，背后有大小两座柜子石，柜里可存钱。再向北走不远有棒槌砬子。采参人在这采到了贵重的人参。自北行有附近最高的屏障——鸡冠山。铜佛寺城西约一公里北山根下有一处水洼，人称王八泡，不言而喻那里出王八。只不过已经是历史了，今天已见不到王八的踪影了。这个地方有此良好的环境，当然招人喜欢。①

风水先生踏上铜佛寺的土地，腿脚就不听使唤，布尔哈通河的水流声，如同大珠小珠落玉盘，挠得他心神不定。从林中吹来的山风，飘着草的香味，他的扇子忘记摇动，竟然用俗气的成语“风水宝地”，准确地下了定语。我在铜佛寺不大的街上转悠，路边停靠一辆出租车，司机坐在车中抽烟。农用三轮车拉满货物跑过，一阵突突的声音中，甩下刺鼻的黑烟。我四处追踪电影院，它是用拆下的“老三营”营房的铁瓦做顶，当年工匠们带着

① 徐斌著：《漫画铜佛寺》，引自《在延边这片沃土上》，第361—362页，北京：民族出版社，2006年版。

拆迁的工具，“麻溜”地爬上房顶，铁和铁撞击发出噪音，一座历史的建筑，不是被时间破坏掉，而是人为的行动。只是一阵的忙碌，建筑中的历史气脉被斩断了，一点不剩地消失。

前几天我翻找东西，无意中掉出一张照片。叠嶂的山脉，环绕清澈的水，一只木船上，一个人摇动船橹，有人一边撒网，水面倒映船影和人影。这是80年代初，我二叔下乡到铜佛寺的岐阳水库时拍摄的，那时他在县委宣传部工作。2003年，我出《东北家谱》时，需要配大量的图片，我不得不求助于二叔，他寄来珍贵的照片。可惜这幅照片，派不上用场，一直放在文件箱里，准备写作铜佛寺，它竟然出现了。

2011年10月23日，拨通二叔的电话，了解照片拍摄的前后经历，他的讲述，让我来不及思考，就被带到过去的事情里。1965年，二叔刚从吉林七一三厂调回来，手续还未办齐全，分配到延吉县电影管理队，他在第四小队放电影。越是过节的时候，电影放映队越忙，二叔回来的第一个春节，不是和家人团聚，正月初一就随小队来到铜佛寺。冬天特别寒冷，大雪漫天飞舞，布尔哈通河被大雪湮没了。电影队发的是蓝色二大棉袄，它比半大衣短一截，又长出棉衣一块，二叔就是穿它，脚上是一双棉靰鞡，来到铜佛寺，走在唯一的街道上。大雪遮盖土路，踩上去嘎吱地响，街上清冷很少有行人，只有风叠着风滚动。

二叔被派住在朴姓的朝鲜族老乡家，房子进屋脱鞋，两铺大炕，铺着高粱秸编的席子，房子一分为二，中间隔一道拉门，到了睡觉才拉上。晚上一家人热闹，只有二叔是外人。微弱的光线下，老乡热情地招待，圆桌上摆得丰盛，海菜酱汤，煎豆腐干，用传统的打糕接待客人。窗外鞭炮声响起，二叔吃了一顿朝鲜族的年夜饭，穿上二大棉袄，在感谢声中走向电影院。

电影院坐南朝北，门开在临街的北面，走不出多远就到了。电影院那时叫俱乐部，容纳200人左右，座位是长条木椅子。一天到晚连场放映一部电影《英雄儿女》，开演前加演新闻片，每当银幕出现伟大领袖毛主席，现场响起热烈的掌声。那个年代的娱乐活动很少，看电影不仅为了高兴，它是社交活动。热恋中的情人，有了增进情感的机会，朋友请一场电影，多一份情谊。电影院的门前，每天是人们聚会最多的地方。周晓枫在一文中回忆道："在放映员灵巧手指的摆弄下，一道光柱诞生了，悬浮于我们的头颅上方。放映员调整镜头高低，对焦距，灰白银幕亮堂起来。这是小孩子最兴奋的时刻。我们争相做出各种手姿，狼、狗、鹅、蛇、鹿……动物剪影栩栩如生地呈现，如果没有光影的对比，我永远不会认识到我们的手有多么擅长比喻。直到片头出现闪耀金光的红五星或转动的工农兵塑像，人群才渐渐安静。"① 那个年代看一场电影是幸福的，一代代人，将它变作美好的回忆。

红砖墙，铁瓦顶，铜佛寺电影院，在镇上不仅是建筑的符号，它是一段珍贵的历史。电影院屋顶的铁瓦，当年就是"老三营"营房上的瓦。风雨淋去积落的灰尘，浸刻的历史是无法埋没了的。

铜佛寺历史中的"老三营"是重要的一笔，也是当地百姓对子弟兵的敬称。营长王德林随父母闯关东，来到东北当过佃农，后来又在修中东铁路干活，亲眼目睹劳工的悲惨命运，忍受不了如猪如狗的生活。1900 年，沙俄出兵侵占东北，国破山河在，血性汉子王德林自幼练武，愤然带领工人组织起一支队伍，以山林为根据地，展开抗击俄国入侵者的斗争。

1917 年，王德林率领部下走出山林，投靠东北陆军被编为第一旅一团一营，他亲任营长。部队派到延边地区，主要负责安全保卫任务，后来被张作霖收编，王德林的部队一直使用三营的番号。

王德林在铜佛寺期间，有房有地，宅邸在冯志清大院的西院（今铜心二组菜地），院里有 7 间瓦房，开设油房，为拉碾子压油，养一头大牤牛，闲暇时无偿给穷人使用。王德林平时不穿军装，穿一身长袍，一次去布尔哈通河散步，见农民赶车陷在河里车拉

① 周晓枫著：《语文世界》（教师版），2010 年 12 期。

抗日将领王德林

不出来，已是深秋，河水刺骨冰凉，他情急之下撩起长袍，挽起裤角就跳进河里帮助农民把车赶上岸来。事后农民才知道那人就是大名鼎鼎的王德林，被感动得五体投地，在民间传为佳话。

王德林对部下管理得非常严格，他的兵车出行，如果见到百姓拉重载的车不给百姓让路，这个兵就要挨他的马鞭。一次王德林看见一个流氓欺负妇女，他上去就用马鞭抽打流氓，吓得流氓下跪求饶。他看见富家子弟流里流气的怪头形，正好马车过来，他就用浇车用的臭油往头上抹，吓得那些富家子弟再也不敢留怪头形。

王德林对部下士兵也是非常关爱的，特别是对参加举旗抗俄的山林队的官兵。他们的老家大部分在山东沂蒙地区，有的岁数也大了，王德林跟他们讲：愿意回家的，每人发给 20 块大洋，回家团聚过日子，不愿回家的就在老三营当兵。即使回老家探亲，也发给足够的路费，谁家的孩子生病，家乡发生灾情等，王德林都给予帮助。士兵被感动得五体投地，实心实意地在“老三营”当兵。①

王德林在铜佛寺驻防十四年，他的部队纪律严明，赢得百姓的爱戴和支持。“老三营”开拔，王德林为了答谢当地百姓的恩情，做了一个“万民伞”，布条写上为部队捐款人的名字和数额，挂在撑起的伞上。临行的那一天，王德林一身军装，在街头宣传坚决抗日，他在前引行，撑起“万民伞”，部队排着整齐的队伍，在街道上向关爱他们的百姓告别。街道挤满送行的人，锣鼓声中，送行的乡亲给“老三营”士兵的包里装鸡蛋，往手中塞水果，送上一碗热茶水，让他们喝了水，不忘记铜佛寺这片土地。现在只要一说起铜佛寺，人们对“老三营”充满敬意。

---

① 李清江著：《王德林与铜佛寺》，引自《在延边这片沃土上》，第 210—211 页，北京：民族出版社，2006 年版。

历史上也有人花钱做“万民伞”，不惜钱财往自己的脸上贴金。

> 1917年冯国璋以副总统继任总统，必须离开南京，于是把他的亲信江西督军李纯调到南京，做江苏督军。李督军在历史上，没有多少声响，除了二次革命打过国民党之外，似乎也没有做过什么坏事，只是有点好面子，讲虚荣（否则大概后来不会自杀），从江西调到江苏，等于升职，走的时候，总要风光一些。于是在他的安排下，江西的绅商一如前清时节，送“万民伞”，发电报挽留，沿大街安排商家预备送别席，而且还推举了一个老绅士做“卧辙代表”，意思是在李督军上路的时候要躺在车前拦驾，只是那时候已经有了轮船，从南昌到南京一路是坐轮船的，不知道到时候是否把老绅士丢到江里去。当然，所有的这一切，都有代价，就是说，由李督军买单的。①

都是“万民伞”，但意义不同，一个受百姓的支持和拥护，一个为了讲虚荣，精心策划出的闹剧，伞如同一杆秤衡量人心。

我一个朋友的夫人，她的童年在铜佛寺度过，后来离开生长的地方，毕业分配到长春工作，但她经常地回去，走在铜佛寺的老街道上。她家曾经住电影院的后面，站在院子里，听到电影中的音乐声。不用出家门，坐在炕上望到铁皮瓦，屋檐边上有鸟巢，鸟儿大清早就飞来飞去，叽喳地叫唤不停。1965年，大年初一的晚上，我二叔拿35毫米小放映机，穿越方形小口放映《英雄儿女》，她还在母亲的腹中，等待来到这个世界上。1974年，电影《闪闪的红星》上映，她被电影中的插曲迷住，田字方格本上，抄下《红星照我去战斗》的歌词，也第一次被彩色的片子吸引住，一口气连看了七场。

童年有很多快乐的东西，不止电影院吸引住她，夏天去河边抓蜻蜓，

---

① 张鸣著：《用百姓税金打造官员的万民伞》，《21世纪经济报道》，2006年4月10日。

是一件有意思的事情。她的蜻蜓套，是妈妈拿口罩布缝的，绑在铁丝弯的圆圈上，用的是旧竹竿。有时找一截高粱秸，顶端劈开一小段，拿小棍横着顶上，撑成三角形状，然后钻房檐下找蜘蛛网，将其一层层缠上面，仿佛苍蝇拍似的去粘蜻蜓。薄翅膀粘到丝网上，痛苦地挣扎，越动弹粘的面积越大，最后它不动了。少年时热衷于残酷的游戏，河边有一丛丛马蹄莲，蓬松的叶子中开蓝花儿。学校学农劳动时，一路歌声不停，去永胜屯子拣黄豆，大人们说，这个屯子原来叫小北沟村，光绪初年间就有了人家。1958年，大跃进的年代，修改村名是为了图个吉祥，永远前进的意思。

冬天孩子们最快乐的了，他们盼望上体育课，背着简易的冰刀，到布尔哈通河滑冰，男同学戴着滑冰帽，滑单腿冰车。也有的坐两腿冰车，一块方形的木板，钉上两根木方子，底部削成弧形，然后嵌上粗铁丝，冰锥是两只木棍，头上是露出的钉子尖。盘腿坐在冰车上，冰锥一扎，随着溅起的冰屑滑出很远。她戴一顶姥姥熟好的兔皮，自己缝做的棉帽子，穿着木板冰刀绑到鞋上，一支“杂牌”的队伍，听老师的一声口令下，各显其能地向老头沟滑去。风声在耳边溜去，寒冷中同学们相互追赶，比谁先到老头沟，第一个上岸的被当做英雄看待。走进街头一家饭店，吃一顿朝鲜族冷面是同学们盼望的事，吃完后从饭店出来，身上从里面往外透凉气，上下牙不住地碰撞，吐出的凉气和寒冷的空气，融合在一起。同学们一路小跑，奔向布尔哈通河，快速穿好冰刀，然后再滑回到铜佛寺。

在历史中翻找真实的细节

2011年11月5日，一连几天的阴云堆叠，在历史中翻找真实的细节，灰冷中人的情绪压抑到冰点。身上多加衣服，还是抵不住砭骨的寒气，窗外终于响起雨声。城市在风雨中颠簸，我查看拍下的照片，行走铜佛寺那条老街道上。2009年4月1日，作家王国华和朋友去了一趟铜佛寺，他在一文中写道：

铜佛寺是吉林省龙井市一个普通的村庄，在这里，我们遇到了年近六旬的王宪海老人。“当年，吉林人都到铜佛寺来赶庙会。”这里的“吉林”，指的是吉林市。吉林市北山有座庙，东三省甚至内蒙古、关内的善男信女们每年都到北山赶庙会，规模相当宏大。王宪海的意思是，铜佛寺的庙会曾经比北山庙会规模更宏大。

上世纪初，该地建了庙，大大小小的佛像均以铜铸就。这个村子因铜佛而得名。铜佛寺曾如此的辉煌：村庄的沟渠都用红松木板铺就，街道两旁则是密密麻麻的店铺，生意红火。二月二的时候，能卖掉三十多个猪头。四面八方的行人、客商川流不息地来了，又川流不息地走了，但街上始终干净得连一个草棍都没有。

铜佛寺坐落在盆地当中，四面环山，山上是郁郁葱葱的丛林，野鸡遍地，狍子、野猪成群。村前一条河水缓缓流过，河面真宽，河水真清，这条河就是贯穿延边朝鲜族自治州首府延吉市的布尔哈通河。布尔哈通河乃满语，意为“柳树沟”。王宪海老人说，铜佛寺的历史比延吉悠久。当年选址建城时，考虑过铜佛寺这个地方。只是布尔哈通河从铜佛寺一侧穿过，另一侧是山峦，而延吉相对平整，河流可以穿越整个城市，因此，铜佛寺与中心城市擦肩而过。

铜佛寺曾经是一个镇子，后来乡镇合并，铜佛寺并入老头沟镇，从此成了一个孤零零的村庄。可是，这个村子五脏俱全，什么都有。小学、中学、邮局、变电所、火车站、超市、饭店、出租车……让人眼花缭乱。它骄傲地站在那里，仿佛一个没落世家，地位没了，可尊严还在。“我们铜佛寺的秧歌队，跟其他地方的东北大秧歌不一样。我们的‘大翻身’、‘小翻身’一般人学不来。”王宪海老人曾经是铜佛寺秧歌队的主力队员，男扮女装，他踩着高跷走出去，邻居们都猜不出是谁扮演的。可惜，下一代没人会，也没人愿意学扭秧歌了。而且，村子也没有以前干净了。

> 铜佛寺的往事，历史上没有记载，已无声无息湮没在时间的河流中。王宪海老人打捞出一个又一个细节，看到我们不断唏嘘，脸上露出满意的笑容。他在这个地方生活了 60 年。外来的人，能和他一起唏嘘一下旧日时光，也就让他心满意足了。[①]

王国华未能看到昌盛时期的街景，在扭动的大秧歌中找到活的资料，听苍老声音的讲述，不是纸上文字记载的事情。王宪海老人，当年是秧歌队的名角，他男扮女装，踩着高跷走在街道上，无人认出是谁扮的俏媳妇。老人的叙述不是说“瞎话”，他是亲自参与活动中的人。我们无意修订历史，只是将遗落的细节，真实地粘补空白的地方。随着时间的流逝，这些文字变得珍贵，它是研究人文铜佛寺的一个历史点位。我们不是为了旅行，多拍几张照片，来到荒僻的地方，写一段伪浪漫的抒情小文章。人文地理学家唐晓峰指出“人文地理若离开了人，会顷刻间烟消云散，所以人文地理正经应该算是‘人学’。”[②] 唐晓峰将人摆在第一位，一座老建筑，一条老街有了人的出现，并且是活着的老人，这一切意义就不同。街头冷清和往昔相比较，真是天大的差距。我在同一片天空下，却无法找到电影院，一家家老字号变作历史的符号。一条柏油路替代土路，时间过去很多年，铜佛寺发生巨大的变化。

越野车在河滩地上，几乎无路可行，一路颠簸来到布尔哈通河边。李鹏山让我一个人留河滩上，他开车继续找“王八泡”去了。布满卵石的沙土堆上，河水在眼前流去，浅浅的水，扯不出一丝的兴奋。河对岸不远处，有两户零散的人家，从房子的建筑一看就是朝鲜族家，庑殿式屋顶，屋顶四个斜面，苫铺稻草顶，墙壁涂成白色。房子前后都有门，墙壁外有一根竖立的木烟囱。草棵子中拴着一头黄牛，水鸟在水面上掠过，一朵紫色野菊花顽强地生长。

---

① 王国华著：《铜佛寺》，《青岛日报》，2009 年 10 月 8 日。

② 唐晓峰著：《人文地理随笔》，第 3 页，北京：生活·读书·新知三联书店，2006 年版。

记得小时候，秋天姥姥家的后山坡上，满山开野菊花，绿叶映衬黄色的花朵。这种花不富贵，什么地方都能见到。

秋风中有水湿的味道，越野车艰难地开过来，李鹏山下车对我说：“王八泡”在前面。重新坐在车上，颠簸中开到“王八泡”，布尔哈通河甩了一下，形成一片湾水，这里的水较平稳，野生的王八多，当地百姓叫它“王八泡”。如今王八被打尽，河滩上布满乱石，枯黄的草在风中抖动，就连镇上的人都很少来了。

李鹏山去往回调车，我走到“王八泡”边，手伸进水中，我和它有了接触。

我从黑白的电影片中走出

2011年11月5日，央视电影频道播出《英雄儿女》，我从头到尾再看了一遍。想到1965年，大年初一的寒冷冬夜，二叔拿35毫米的小放映机，为铜佛寺的观众放映这部电影。深秋的雨下得紧密，我穿了一件旧棉袄，手抄袖口里，躲避清冷的袭来，黄昏堆满窗子，雨挟风声渲染秋意。电影播出剧终时，外面什么也看不清了，打开房间的灯，从黑白的电影片中走出，回到现实中。

2011年11月11日，下午打开电子邮箱时，看到高维春发来的电子邮件。二叔为了我写铜佛寺，找出四十多年前的皮棉帽子拍照，1965年的春节，二叔戴着它顶风冒雪，走在铜佛寺的街道上。

皮棉帽子跟随二叔四十多年了，它是历史的证明。我和照片中的二叔相视无语，铜佛寺的风雪出现思绪中，窗口后的35毫米的电影放映机在转动。这张照片等了很多天，它真的在眼前时，我不知道如何用文字形容。

深秋的下午，独自坐在书房中，心绪游走铜佛寺的历史中。

火是一条时间的鱼

小时候，敦化对于我是遥远的地方，只是听大人们说过，那里的满人多，又是清室发祥地。公元 698 年，靺鞨族首领大祚荣率众在此筑城建都成王，号称震国。公元 713 年，唐玄宗册封大祚荣为渤海郡王，历史上称渤海国。清初被封禁，达 200 多年，尤其《四书 · 中庸》中的“小德川流，大德敦化”之句，这些历史是我后来读到的。

很多的事物，随着时代消失，我搜集资料，想从断裂中发现新的痕迹。

宾馆房间的门关上，文友的身影消失廊道里。送走他们以后，我坐在临窗的椅子里，望着窗外的夜色。我在延边生活二十多年，从未来过敦化，这是第一次来到这座城市。

翻阅文友送的《长白山满族文化研究》，我想更多地了解敦化，探寻古老土地上的历史。第五辑的刊物中，有一篇《乌拉满族的背灯祭》，它所记述的祭祀过程，和我父亲讲的大体相似。我父亲出生在乌拉街，那是他的故乡，对祭祀活动记忆犹新。我是在文字中乌拉街的韩屯，听关柏荣演唱的背灯神词中开始的长夜，等待明天，去清始祖祠祭拜：

> 暮色低垂，
> 家家门窗关闭，
> 熄掉灶烟，
> 压灭炉火，
> 人声静寂，
> 金鸡缩紧了脖子，
> 家犬停止了狂叫。①

2012年9月22日，北方秋天难得的好天气，风力不大，阳光非常充足。车子穿行敦化的市区，路经横越城市的牡丹江，它的满语名叫“胡尔哈别拉”，因发源于牡丹岭而得名。秋天的江水流量小，敦化一位八十岁的老人说，昔日水上行排，一路气势浩荡，这里有一个码头，木排倒上岸的情景，早已化作传说中的故事。望着河水平缓地东流，波浪不起，历史沉在河底，慢慢地被遗忘了。目光向远处眺望，水在视野中漫延，光斑在水面上跃动。有山，有水，土地才多了灵性，牡丹江这条大水，它和一个民族血脉般的相连。

> 牡丹江流域是我国满族发祥地之一，早在商周时期，满族的祖先就在这一带繁衍生息，其中相当一部分满族人是这块土地上的土著居民。古时的牡丹江两岸，森林茂密，古树参天，进入山林之中可见兽群奔跑，可听虎啸狼嗥。因水源充沛，这一带江河

---

① 敦化市长白山满族文化研究会主办：《乌拉满族的背灯祭》，引自《长白山满族文化研究》，第53页，敦化：内部资料，第五辑，2011年版。

> 密布，水深流急。江河湖水流经茂密的森林时又带来大量的有机物和浮游生物，因此这一带的水质含氧充足，水质纯净，酸碱度适宜，非常适合各种鱼类的生长。古时，这里不但盛产被称为“东珠”的珍珠，而且以鱼多、鱼大、味道鲜美而闻名于世。
>
> 牡丹江一带的鱼类素有“三花、五罗、七十二杂鱼”之称。很早有民谣:“棒打獐子瓢舀鱼，野鸡飞到饭锅里”，可见鱼类繁多。记得小时候到贤儒的朋友家去玩，看到他们家把鲫鱼和草鱼拿来喂猪，很是惊讶。朋友看我来了，就到河里的石底几下摸了两条大鲇鱼来，看那情形，就像是他自己养的似的，当时的情形由此可见一斑。
>
> 由于牡丹江上游森林茂密，也是众多野兽的栖息之所。在牡丹江流域的大森林中，有黑熊和棕熊两种熊，黑熊最喜爱的食物莫过于蜂蜜和蚂蚁了，偷吃蜂蜜的黑熊一边用前掌拂着脑袋嗯嗯直叫，一边在蜂群的追击下拼命逃跑，皮肉的疼痛使黑熊叫苦连天。为了止痛，黑熊就跑到河边用凉水洗脸，或抓一把湿泥抹在脸上，但它是个记吃不记打的家伙，一有机会，又会重蹈前辙。[①]

杨晓华对牡丹江的描写，尽展史前的大自然情景。我在文字的密林里穿行，闻到清新的风，听狼嗥虎啸，看黑瞎子戏蜂的调皮。我触摸满族的历史，先人们在这里繁衍生息，篝火中烧烤肉食的香味，存留这块土地上。

车子走了一段绕山路，终于在门楼前停住，下车走出不多远，竟然感受秋热。我们来到敦化六顶山，走进清始祖祠。敦化是满族发祥地，清史祖布库里雍顺在这里平定三姓之乱创建满族。清始祖祠位于圣莲湖西岸，枕在六顶山南麓，四周环绕八旗山。地理环境有龙脉之气，山清地灵之象，是一块风水极佳的宝地。

---

① 杨晓华著：《牡丹江探源》，第 50 页，延吉：延边大学出版社，2009 年版。

萨满广场上，竖立的铜质宝鼎，高 9 米，直径 3.6 米，重达 7 吨。宝鼎是萨满祭拜仪式中使用的礼器，表现清始气象。在很远的地方，它就给我一种神圣感，对先祖的敬仰之情。

一幅大理石雕刻的画像，使我内心流动慌乱，仿佛我还未做好准备，它突然出现。画面中的萨满手持神鼓，尽情地敲打，咚咚声穿越时空，带着神性的声音，驱走人间的痛苦，送来美好和幸福。萨满在火焰上腾移跃动，火不仅是满族人生存之火，也是这个民族的图腾。火祭祈求天界降赐平安与光明，驱逐寒冷和妖魔鬼怪。祭火仪式中的萨满，表演各种识火、取火的高超绝技，赤脚奔跑，表现满族及其先民征服大自然中的精神。火不光有热度，它也有血液的湿度和延续，敬重火，就是热爱生命。画中的萨满唱着古老的神曲，它和空中的阳光发生化学的变化，飞入远处的山林间，进入人的心灵中。大自然中的石是火的生源，石神、火神和人的信仰密切相连。满族有的族姓把石头作为神祭拜，就是说石头是神灵的藏身之处。

从《火祭神书》中可知，火祭缘由解决民族、部落的瘟疫、畜疫、渔猎伤人、氏族争杀等重大问题。总穆昆达与大萨满许愿火祭，祈求氏族、部落的安宁吉顺。许愿在秋夜黄昏，大萨满在清洁的山岗上击鼓、杀牲、祭血，点燃篝火，并率各姓妖长叩头跪拜，萨满诵祝神词，总穆昆达向众神祇陈述祈愿缘由，若篝火燃烧得很旺，火星四爆，便是吉兆，表示旷野与天穹众神允诺族人举办祭火。

在火祭中，女萨满要迎请三位女神——鹰神代敏妈妈、东海女神德立克妈妈和盗火女神拖亚拉哈降临圣坛，其场面异常隆重壮观，犹如天地之间神人同演的一出神话话剧。

白天，萨满围绕着一棵高大挺拔、枝叶繁盛的古柳和古榆，报祭、排神、献上活鹿、活猪等牺牲，将新血装入神坛，做好这一切准备工作。夜晚，当东边的七星那丹那拉呼的头指向西方天

努尔哈赤

《清始祖漂渡图》，绘图：王军

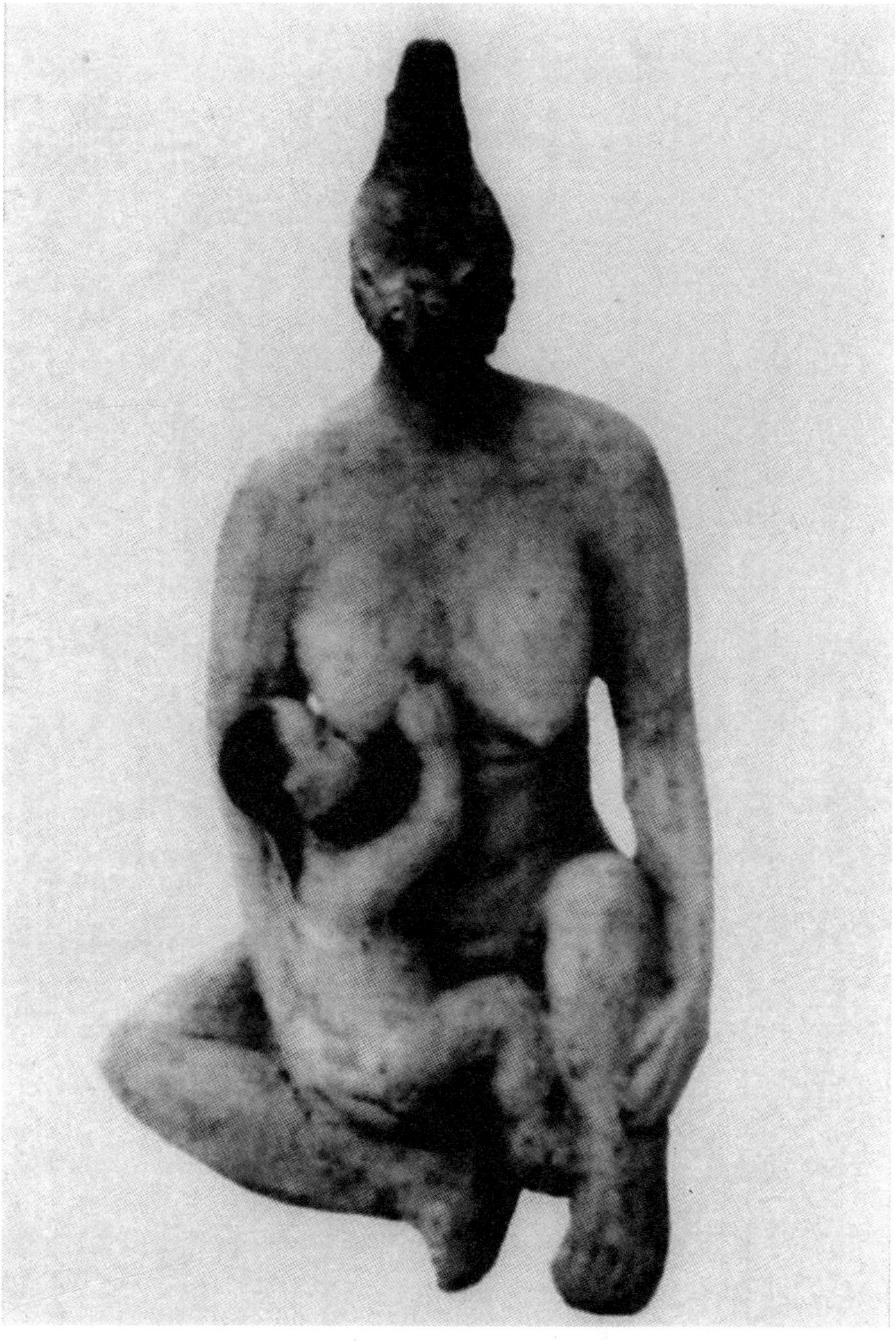

满族原始创世神话鹰神格格哺育世上第一位女萨满神偶

清祖祠的铜鼎

清始祖祠

火祭

幕时，族人鼓号齐鸣，欢迎呼跳跃，其声震荡山河。主祀萨满点燃起神树（即古柳或古榆）前的大篝火和神案前的各种泥制、骨制的油灯——兽头灯、蛙灯、鹰灯、鱼灯等。族人们点燃起“拖罗”（满语：火把）。在这片跳跃闪烁的火海中，主祀萨满用纯正的满语祈诵：“唤火神词”（或称“开火神谕”）；

连绵无边的火把啊——连绵无边
大的火把啊——大火啊
星星一样的火把啊——星星火把
山岭一样的火把啊——山岭火把
河流一样的火把啊——河的火把
山一样的火把阿——山的火把
奶奶一样的火把啊——奶奶火把
（妈妈火把——火把妈妈）
火把啊——火把啊——
火把——火把——
火——把——①

我早就听父亲讲过小时候的经历，他在母亲的怀抱中，参加古老的祭祀活动，当灯吹灭时，神鼓响起，年幼的父亲偎在祖母的怀中。祖母说：“不要怕，二夫人很漂亮，从不吓唬小孩子的。”背灯祭早已被人们忘去，背灯祭离不开火，和画面上的每一个符号不可分离。

沿着祖先留下的脚步，一路走下去。苏克素浒河九曲十八湾，碧光熠熠，绿波涛涛，峰峦叠翠，进入今抚顺东营盘便与浑河汇合了，向南注入辽河，泄入辽东湾。苏克素浒河在奔跑中，它的身后费阿拉，留下一片广阔的平原，河的两岸已被开垦，年年禾谷丰茂。在女真奴隶主中，罕王的家算是

① 王宏刚著：《满族与萨满教》，第59—60页，北京：中央民族大学出版社，2002年版。

一个显赫的门庭，只是到了努尔哈赤童年，家道开始中衰。不幸的是母亲又病逝了，继母待他又不好，这样只好独自谋生。挖参、采松子、拣蘑菇、采榛子、采木耳来到“马市”进行贸易。后来，他被辽东总兵李成梁收养，并作为他的“郭什阿（当差的），人称小罕子”。

背灯祭源于满族妈祖努尔哈赤，万历皇帝占卜出，北方出了脚踏七星的真龙天子，朝廷传谕各地捉拿归案。有一天，小罕子在给李总兵洗脚，李总兵脱去袜子，把脚心（一说是胸前）上的三颗红痣给他瞧，并且说“我做这么大的官，就是因为脚心上有这三颗红痣。”年幼的看过之后，心中想：“三颗红痣算什么？我脚心上有七颗呢！”于是小罕子，也脱下袜子将脚心上的七颗红痣给李总兵瞧。

李总兵一瞧，吓了一跳，他心中想：“我脚心上有三颗红痣便做了辽东总兵，他有七颗红痣，这是天上的紫微星下界呀！这还了得，他不就是皇帝当今要捉拿的人吗？”李总兵按抚小罕子，把他稳住，只告诉他的二夫人，他要升官了，天明写本章报告皇帝：“紫微星落在此地方了！”

朝廷得到报告急令：“要赶快除掉！”李总兵的二夫人不忍心将小罕子杀掉，半夜起来叫醒小罕子，向他说出了原委，让他赶快逃跑。李总兵有两匹好马，一匹叫大青，一匹叫二青，另外还一只大青狗。

小罕子逃跑之后，关于李总兵的爱妾的结局，在《满族简史》“关于罕王的传说”和在满族及北方各民族中流传比较广的，有这样几种说法：李总兵一觉醒来，发现小罕子没有了，对二夫人说：“这事除我以外，只有你知道，一定是你把他放跑了！”说着便把二夫人从被窝里拉出来，杀死在炕的西南角上。二夫人被杀时身上没有穿衣裳。

后来努尔哈赤得天下，建立大清，为报答二夫人救命之恩，便追封她为佛托妈妈，每年要举行祭祀活动。二夫人死时一丝不挂，所以要遮掩门窗，熄灭所有的灯火。传说之所以在一代代流传下来，是有它存在的价值，它并不是真实的历史，却充满神秘的色彩，解读文化心理。传说更多地带给人的一种愿望，它和神话又不相同，从它诞生的那天起，就带有历史的痕迹。

父亲多次和我谈到背灯祭，我在他的一篇文章中读到：

在童年，我多次参加族中的祭祀的活动，祭祖、祭天……那是由萨满主持的。其中，印象最深的是“背灯祭”，这可谓是满族独特的极富传奇色彩的宗教活动。

祭祀活动是虔诚、庄严的。先要在神龛上挂上帷幔，贴上挂笺，摆上灯台、香炉，供上打糕、小肉饭、瓜果和酒，还有“领牲”的“神猪”。背灯是晚上或夜间进行的，星星出齐，息掉灯火，祭祀开始，族中老少爷们，按长幼有序，在穆昆达的指挥下进行，开始拈香，接着院中顿时响起鞭炮，全族长幼跪在供桌后，开始我有点害怕，伸手不见五指，萨满开始表演，于是通肯（抬鼓）、西沙（腰铃），尼玛琴（抓鼓）、轰勿（晃铃）还有各种法器，全部响起来，随着萨满舞蹈语境的甩、摆、顿、颤、摇、晃的变换，一忽儿如林中逐鹿，忽然又传来雷鸣电闪……萨满有声有色唱起背灯神词：“其居平营出征，骑双骥强壮……昼走千里，夜行八百紧急而去遥远，神主宽容……”接着，烧起篝火，全族围着起舞，然后用木钎子或铁钎子叉肉，在火上熏烤蘸着盐面吃，我渐渐进入意境，角色，觉得好像回到遥远的古代，在穆昆达的指挥下穿林海，过雪原进行狩猎，享受共同分配生产、食物的欢快。这种且歌、且舞、边吃，边唱，全族欢庆，其乐融融的祭祀直至东方发白。

舞蹈、击鼓、唱词、下神……要祭祀的是：“佛多妈妈”或叫“万历妈妈”、“歪理妈妈”。

满族宫廷和皇亲国戚，在渥辙尼（祭神）活动中，不论家祭、族祭、堂子祭，都要进行背灯祭，不忘恩人的情。

背灯祭佛多妈妈，这仅仅是一个美丽的传说吗？[①]

① 高梦龄著：《背灯祭》，引自《日暮苍山远》，第39—40页，北京：华文出版社，2009年版。

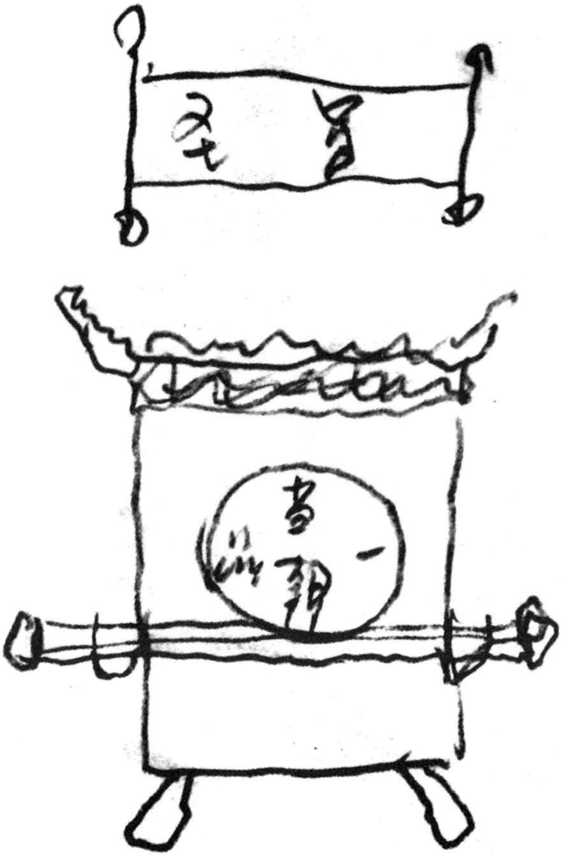

父亲给我画了一个记忆中的圣旨

父亲讲的古老的祭祀活动，促使我查阅关于它的文献记载。我在清始祖祠前，面对石刻画，想起父亲的文字。触摸石质的纹理，阳光投映上面，使它多了温暖。

我的手掌贴在石火焰上不肯离去，感受燃烧发出的灼热，神鼓声中，腰铃阵阵，火焰升起，四溅的火星，增添神秘的色彩。萨满跳起表现火和鹰的神姿，唱起的神歌，回荡天地之间。我看到石像上，边歌边舞的萨满，这块长于山野的大青石，有着高贵质感的材料，经过艺术家手中的凿刀，在与石头产生的撞击中，形成新的生命。镌刻石上的形象，永远地迎接每一次新升的太阳，自然的风云变化，只是让它布满沧桑。它在时间的深处，仍然不减激情，歌唱的神调和神鼓声，一年年地叙说历史。

清晨的时候，敦化当地的民俗作家高景森，来到酒店的房间，一阵寒暄过后，坐在窗前享受晨光的时候，我们进行交流。高景森对当地的人文历史了如指掌，况且他参加清始祖祠的选址工作。他向我介绍六顶山的地理环境，他是狂热的民俗专家，做了大量的实地考查，言语中流露出对家乡土地的热爱。

2012年10月1日，我回到济南，在父亲的书房里，我和他谈起敦化之行，说到火祭的雕像。父亲又一次谈起背灯祭，为了清楚地让我明白，恢复当时的情景，随手拿起一张A4纸，画了一幅祭祀时供奉的圣旨。父亲七十六岁，手有些颤抖，他画图时的神情虔诚，线条情感饱满。

> 一个民族越是粗犷，这就是说，它越是活泼，就越富于创作的自由；它如果有歌谣的话，那么它的歌谣也就必然越粗犷，这就是说，它的歌谣越活泼、越奔放、越具体、越富于抒情意味，这个民族的思想方法，语言和文字表达方式越不是人为的、学术的，（那么）它的歌谣也就必然更不适于写到纸上，必然更不是一些僵死的形之于文字的诗篇。[①]

我留下这幅草图，它不是想象，凭资料构画出来的。它是父亲的记忆，我存下它不仅是纪念，而是一段复活的历史。

一个人在遥远的地方，在相机上回放拍下的画面，时间的脐带，连接地理与历史，它们密不可分。影像中的火祭石雕像，和父亲画的供奉的圣旨，两种画面交织，我在画面外，注视祭火的燃烧，神鼓和腰铃声，向我传达

---

① ［德］赫尔德尔著：《论鹦西安和古代民族歌谣》，第24页，广州：花城出版社，1998年版。

神的声音，大地上的事情，将我引向远方的道路。

火是一条鱼，在时间的河流中游动，它使身体如同焰火的花印在时空中，贮藏人的原始情感和对美好的向往。

有些东西在博物馆和古遗址中找到，有的在心灵中。

满族发祥地汗王山

一

我在《龙井县交通·古迹分布图》上，又一次走进汗王山。那个山形的符号，在 1∶5000000 比例尺的地图上，它只是一个点位。如果不是专门的研究者，不会多停留一秒钟，我在平面图上游荡，历史的影迹。“在地图的文化内容得以自然化之前，地景的自然内容须先经过人文化，才得以存在。”[①] 作为美国艺术家、作家和地图专家丹尼斯·伍德，在《地图的力

① [美]丹尼斯·伍德著：《地图的力量》，第 124 页，北京：中国社会科学出版社，2000 年版。

量》中做出另类的回答。

网上搜出汗王山的照片，光影交织的画面，不是语言所能描述的。汗王山是一座神圣的山，不敢轻易地触碰。隐在山中的那些勇敢的先祖，抹下敌人头颅的刀剑被泥土遮住，埋藏地下。他们不可能在地图上显现，血肉之躯与地理知识毫无相关。

汗王山城就是——鳌多里城，也称为斡朵里城。经过专家的考察，这一带曾经是满族先祖的重要活动区域，先民在此繁衍生息，建功立业，留下传统部落的历史。

我在地图上阅读，每一处的停留有期待的意义，渴望得到更多的信息，它抛给我一个个为什么。下午的时间熬人，我面对地图拥有众多的疑问，它不可能解答每个问题。

> 一个领域的建筑物必须能够召唤这个领域的神性。只有这样的建筑物才是地标性的建筑物，才能引天地万物，才能通过因缘与意蕴组建世界。这种神性就是建筑物的精神。任何建筑物，只有将神圣的精神建筑在其中，才能成为真正的建筑物。而要将神圣的精神建筑在筑物中，建筑物的一切技术、一切材料、一切布局的安排都必须建造出这个精神。[①]

一座城市的诞生，它有宏大的历史背景，城中的每一个建筑，有土地和文化的影子。建筑物中的神性，它密切地和大自然接通。很多古老的人和事，随着时间湮没，只有汗王山留下来，它不仅是物质的山，是装满历史的山。它的名字，延续先祖的血脉，保持和过去的相连。

① 陈小文著：《建筑中的神性》，引自《现象学与建筑的对话》，第 64 页，上海：同济大学出版社，2010 年版。

图们江

二

夜里躺在床上，雨击打玻璃，有几次坐起来，听街上奔跑的汽车声，撕破绵密的雨，很快消失了。忍受失眠的痛苦，黑暗中焦虑的眼睛，不知如何度过阴湿的长夜。

在延吉的日子里，我总是醒得早，坐在床上，楼下卖矿泉水的车，反复地播放“世上只有妈妈好，有妈的孩子像块宝”，卖水车选择亲情的歌曲，引诱人们来买水。歌声停了，有人提桶来买水。借住妹妹家，不是在自己的家，行动不方便，不愿弄得发出响动。我担心天气，如果雨不停歇，就去不了汗王山。好在老天爷赏脸，早上睁开眼睛，窗外一片晴朗，被洗净的天空，送来好的心情。

学者陈慧对这一带的地缘有深入的研究，她在《穆克登碑问题研究——清代中朝图们江界务考证》中说：

> 在清代以前，图们江本为中国的内河。
>
> 今图们江，中国在清代时称为“土门江”，“简称”土门”朝鲜自朝鲜王朝时期即称为“豆满江”至今。
>
> 图们江发源于长白山东南麓，东流入日本海。图们江有64支大小支流，在今中国境内有红旗河、海兰河、布尔哈通河、嘎呀河、密江河、珲春河等；在今朝鲜境内的有石乙河、小红丹（洪端、洪湍）水、西豆、延白水、城川水、浦乙水、会宁川、八宁川、五龙川、阿五地川等。
>
> 图们江之名源自满语，原为“图们色禽”。从字义上看，“图们”意为“万”“众”，“色禽”意为“源”、“河源”，“图们色禽”即“万水之源”之意，后来略去“色禽”，简称“图们”。从发音上看，

七十年代，作者的父亲在汗王山的图们江边搞政治边防

满语万字的发音为“chituman”。

图们江最初的名称是“统门水”、“徒门水”，出现于辽代。[①]

我和父亲唠到汗王山，谈起图们江，他年轻时在这一带搞新闻，拍过一张穿军装的照片。他找出照片，我看到四十多年前的父亲，他只有三十多岁，每天背着相机和闪光灯，跑遍龙井的山山水水。1970 年，父亲和延边军分区一起搞政治边防，在汗王山下的中朝边境上采访。因为工作的关系，他那时有持枪证，穿一身军装，腰扎武装带，皮套里的手枪和胸前的望远镜，显得父亲英俊气魄，他脚下流淌的是图们江。多少年后，我来到汗王山，渴望找到父亲在江边拍照的大树。通过照片发现人的生命史，那是他在一个阶段的见证。从画面上人的服饰，分析出时代的背景。只要拍摄下来，对于任何人是珍贵的，因为这是生命历程中的记录。照片不似小说可以虚构，它是真实的，照片是和特定的历史环境联系在一起的。苏珊·桑塔格说：“照片可能比活动的影像更可记忆，因为它们是一种切得整整齐齐的时间，而不是一种流动。”[②]

吃完早饭，张延杰打开窗子，向外观望一阵，他将开车陪我去看汗王山。我回到房间里，检查相机的电量，需要的资料带在身上，这些文字地图，告诉汗王山的具体方位、走向，记录许多遗忘的事物，词语中深藏的人与事，和现代人永远无法看到的一座城市。汗王山城位于龙井市南部，三合镇西南 8.5 公里处，海拔高度 577 米，隔图们江与朝鲜的会宁郡和游仙郡相望。山城依山而筑，全城略显五角形状。城墙利用自然天险，垒筑悬崖边上，城内有居住的遗址，贮水池、祭祀台等设施，也备有战略意义的瓮门，还有易守难攻的石壁城墙。

---

① 陈慧著：《穆克登碑问题研究——清代中朝图们江界务考证》，第 77 页，北京：中央编译出版社，2011 年版。

② [美] 苏珊·桑塔格著：《论摄影》，第 27 页，上海：上海译文出版社，2012 年版。

汗王山

进山的小路

这里曾是一座繁华的都城，有专家认为这里是满族发祥地，也有专家说这里曾是清朝先祖重要活动场所。在历经几百年的沉寂之后，这里的一草一木又焕发出奇异的魅力，吸引着众多的人来到这里——汗王山城可能是军民两用城。经专家实地考察，汗王山城东南长 620 米，东北西南宽 20 米至 160 米，山城周长 1520 米。山城南西两面城墙多利用自然天险或在悬崖边上垒筑高 0.5 米至 5 米的石墙补其高度，墙上内侧有宽 1 至 2 米的羊肠小道。东北面，呈斜直状，用土石筑成。如今，虽然部分墙体已经倒塌，但还能看出原来的规模与形状。

城门址共有两处，一处位于东北墙中段地势较缓处。设有瓮门，瓮门同城墙一样面向东北。内墙与外墙中部稍偏西南各有一道出口，相隔 30 米互相对称。内门址宽 5.5 米，外门址宽 2 米。在外门址的内侧靠墙的两头各有一个深 1.5 米、直径达 2 米的凹坑。专家推测其为守门哨兵驻地设施。另一处门址设在西南墙的南部，此门面对图们江，城门山坡陡直，地势险要，易守难攻。

城内有 3 处居住址。第一处即在第二门址的内侧，规模较小，呈方形，为房址，顺城向以石砌筑而成，坐东北，朝西南，房门址在西南墙偏东处。在房址外东南侧约 0.9 米处，还有一个直径为 1.5 米的枯井。从其位置和设施分析，此处可能是防守第二门址的哨所。①

我在网上读到这篇文章，然后下载纸上，初春的日子，记者同满族文化专家一行探查汗王山。山城中的贮水池、祭祀台、城墙，只是残片断墙，承载太多的东西。行人走过的街道，被大自然的风雨掩埋，城市经历过战争的创伤，古人使用的礌石，是激战时的见证，被击中的侵犯者的体温和血迹，

---

① 陈颖慧著：《汗王山城探秘》，《延边日报》，2012 年 7 月 13 日。

浸染石的纹络里。黄昏时，贮水池边相遇后的情歌声，停留过去的记忆中。阳光初升的早晨，统治者站在城墙上，向远处山谷眺望，他的心中构画出对未来的美好宏图。我在记者文字的指引下，走进纸上的古老的城市。

意大利作家卡尔维诺的想象惊人，零度地分析一座城市，一个声音，一条街道，引发人思潮起伏，去探究曾经发生过的事件。城市是人群集中的地方，城门一关，挡住外面的世界，上演一出出人生的话剧。资料装在行囊中，文字描写的情景消失了，又躲藏在很久以前。

沿着 GPS 导航仪指导的方向前行，车子在两山夹出的公路上奔跑，偶尔有村庄闪过。语音提示经过的方位，我去的汗王山在前头，过不了多久，它会突然地降临。我向窗外望去，山上长满灌木和树木。山连山，岭连岭，有的村庄依山而筑，从房子的样子，追求老去的影子，保存朴实的痕迹。想起来延吉的火车上，三十多个小时，除了坐在铺位上呆望，就是凭一本书度过。我带着唐晓峰的《人文地理随笔》，他的文字留给我很多的思考，他在地理与人文关系中说：

> 作为一个民族当然要有一份立足之地、一个生存范围，这是基本条件。但这不是“地域意识”的全部内容。“地域”不仅是一块休养生息的地盘而已，那可能是他们英雄的祖先（后来常常升华为祖神）所开创的“圣地”，是他们在大地上的“根”意识形态味道很浓，所以要说“地域意识”。我们看到，有些民族为了保卫圣地，愿意付出一切代价，这里有实际的需要，但更多是出于一种神圣信仰。①

唐晓峰是人文地理学家，他对地缘的理解，不会停留一般的层次上。当一片土地上有了人，产生文化和族群，一代代有了传承。祖先如同树根，

① 唐晓峰著：《人文地理随笔》，第 33 页，北京：生活·读书·新知三联书店，2006 年版。

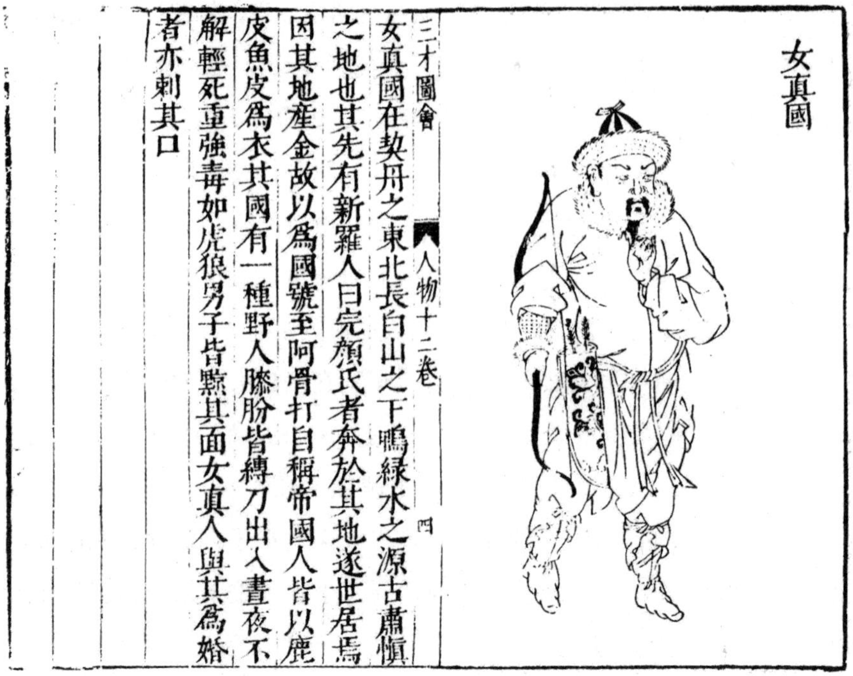
三才圖會 人物十二卷 四

女真國

女真國在契丹之東北長白山之下鴨綠水之源古肅愼之地也其先有新羅人曰完顏氏者奔於其地遂世居焉因其地產金故以爲國號至阿骨打自稱帝國人皆以鹿皮魚皮爲衣其國有一種野人滕肹皆縛刀出入晝夜不解輕死重強毒如虎狼男子皆黥其面女真人與其爲婚者亦刺其口

女真国（据《三才图会》）

后一代人就是延伸的枝叶。后来的人即使离开这里，不管走出多么久远，还是要回来祭拜，因为根不能丢掉。

音箱中播放一首老歌，音符渗进怀旧的心里，脑子里一团乱麻，不知如何梳理清楚，怎样面对将要看到的汗王山。

一个多小时后，车子跑到边境小镇三合，对面是朝鲜的会宁。这里是朝鲜族聚集地，会说汉话的人不多。我们停在三岔路口上，GPS 导航仪指向终点，分不清再走那一条路，只好向路边的人打听方向。这个人碰巧是汉人，他爽快地告诉怎么走，大约多少时间到达地方。

谢过之后，车子重新启动，不知为什么，我感到一阵慌乱。路窄不平，车子颠簸得厉害。山风扑来，撞在车窗玻璃上，仿佛送来遥远年代的信息。在蛮荒的地方，人们逐山而居，靠山吃山，全凭坚强的身体奔波山中，搭弓持剑和野兽搏杀，开荒种地，生养繁衍。我想尽一切办法，整合资料上散落的信息，恢复汗王山盛时的情景。描绘出城墙依山势而筑，城中有多少街道，青石台阶上，少女走过时留下的体温，曾经诱惑英俊少男的等待。构成城市的不仅是普通人的生活，一代帝王在这里，创建他的远大理想。山谷游荡的风，树木上滚动的露珠，帝王走出大殿的门，目睹从山峰间攀升的太阳。这些情景如同一幅大画被卷起来，掩藏土地中。

荒山野岭中，城市的遗迹被自然吞噬，古老的弓弩、滚木、礌石，打退一次次进犯的敌人，却无法守住繁华的城市。汗王山遗落大地上，有过的昌盛荣华，一代传奇的人物，对于现代已经无关紧要，还有什么人关注凝结的历史，剥去落满灰尘的厚壳。

如今汗王山很少有人探访，只有村民上去，在遗弃的古城址拣蘑菇，采山货时，还能辨出城的遗骸的形状。这里和时代脱节，距离都市太远，不可能有人来这里费尽体力，爬上杂草丛生，树木遍布的山头，享受一份诗意的激情。

三

车子停在汗王山的界碑前，这是一块条形青石，刻有朝汉英三种文字，汗王山几个大字尤为醒目。

界碑立在路边，背后是一片杂树林，地上的野草，经过夜里雨水的清洗，变得清新鲜绿。叶上挂的水珠，未完全滴落下去。我走近和它面对面，旅途把我带到汗王山了，一切是陌生的，三个熟悉的汉字，我们无数次相遇相交，它告诉我山中的秘密。

我的手搭在界碑上，很多的问题想向它提问，下一步应该如何做，是吹来的风，还是鸟儿叫的声音做我的向导，指引进山的路。界碑旁有一条泥土的路，车辙里积满雨水，路的前方是汗王山。山的形状和周围的不一样，独处相立，连接余峰，形成绵延的山脉。山挤山的荒野中，远远地辨出汗王山的地位。

朝东村村民郑熙宽

这是一条古道，也是进山的必经小路。右边是三合林业管理站的院子，障子边长满杂草，竖立延边文物保护单位的水泥牌，在风雨的淋漓中变得歪斜，它的提示说明，山的历史和重要性。往前走是一片白桦林，仿佛古代士兵，守卫进山的咽喉地带。

因为当年的繁荣，吸引来的各路人马，奔跑的战马，辎重的战车，商人披挂的尘土，都遗下痕迹。现在这座山，可以用荒山野岭形容，这不是故弄玄虚，制造文字的音响，渲染神秘的气氛。

文字中的描述，汇合汗王山前，它们交织、组合、排列。汗王山是大舞台，上演一出历史的大剧，远去的古人，神情冷漠地向我走来。

空气中残存夜雨的气息，我呆望进山的路，见不到一个村民。我向屯子里张望，安静得无人走动，初来时的兴奋索然，生出一股怨言。不是夜里下雨，人们背着筐，早就走在进山的路上，正是采山的季节，抓紧时间拣蘑菇、打松子。

人生是一个故事，节外生枝，有时突然发生的事情，改变剧情的发展和结果。这时一位老人从远处走来，我拦住他的去路，热情地打招呼。老人戴着白棒球帽，身上穿短袖T恤衫，身体干瘦，一副精干的样子。老人一开口，我就知道是朝族人，操着不流利的汉话，勉强听得懂。在朝东朝鲜族屯子里，讲汉话的人不多。相遇是缘分，他的出现，改变调查遇到的僵局。眼前的这个人，出生的第一声啼哭，在这片土地上游荡，他是汗王山边长大。他睁开眼睛看到的是山，闭上眼睛听刮来的山风，伴着林木的声响进入梦中。老人的父母从朝鲜跨越图们江来到汗王山，就在屯子里扎根，他们一家未离开过这里。

我们的交流不流畅，有时一句话，反复几次才能弄明白，我拿出采访手册，请他写自己的名字。让我想不到的是他能写汉字，现在我清楚，老人叫郑熙宽，1943年出生，今年70岁。这位郑熙宽老人，也可能是那位记者采访的对象，因为屯子里说汉话的人不多，名字和记者采访的人一致，讲述的事情差不多。郑熙宽说，他经常上山拣蘑菇，在山顶的水池边，曾

屯子中的木房子

图们江对岸是朝鲜的会宁

经发现过石槽，对这个东西根本不在意。城翁门附近，还曾发现一处遗迹，从样子上看，可能是养马处和牲口的地方。随着我们的对话进入，他指着汗王山说，他老伴上山采野菜，也见过略呈长方形的石槽，露在地表面，周围长出野草。郑熙宽讲述山城，我费劲地拼凑断片，整合出一个全方位的画面。郑熙宽的语言地图，将我引向山城，想马上进入古城内。他是地道的山民，对这一带的地理和气候熟悉。他说昨夜下雨了，山陡路滑，这种坏天气附近的村民也不会轻易地进山。杂草丛生，路被雨水泡得湿滑，处处藏有险情，不敢贸然前行。郑熙宽的话，让我的心情一跌不起，这么远的路来到这里，只能面对汗王山。我问郑熙宽，屯子里的人家，有没有从山上带回来的古城中的东西，他说老百姓不识货，对这些东西不感兴趣。

郑熙宽是活着的记忆，他见证汗王山上的遗迹，今后的日子里，还会一次次地登上山城。我请他来到界碑旁，以汗王山为背景，站在进山的路上，拍下珍贵的影像。

阳光照在大地上，一片阴影投映路上。我和郑熙宽告别，他的身影不一会儿消失屯子里。

走进朝东朝鲜族屯子，从整个布局观看，仍然保持自然的风貌，人为改造的不多。屯子人口不多，大都是朝鲜族式的民房，有一排障子东倒西歪，院子里的房子破败，一垅垅青瓦散落丢弃，剥落的墙皮有几处出现破洞，一缕阳光钻进屋子里。这户人家搬走很久了，主人在外漂泊，将它弃落在山野之中。一堆排列的柈子垛，一面土墙上出现了“少生优育利国利民”的标语，粗糙的沙土墙上，这一行白字特别显眼。

我在屯子里转悠半天，注视一扇扇关闭的房门，站在稍大的空地上，被障子和破旧的房子包围，望着远处的汗王山。还未到告别的时候，我对山上的古城遗址有了绝望的爱，不知道它的未来是什么样子。我在汗王山下，呼吸山里吹来的风，找不到准确的答案。

因而，一切历史都是思想史，此处是用的思想最宽泛的意义，

> 它包括人类精神的所有意识行为。如同发生在时间中的事件，这些行为稍纵即逝。历史学家在其心灵中重演它们：他并不仅仅在重复它们，就像后来的科学家那样可能重新发明前辈的发明。他是有意识地重演它们，知道这正是他在做的，并因此赋予这种重演一种心灵的特殊活动的品质。[①]

时间中的事件变成历史，逝去的情事中，人们重新搜寻和发现，并不是为了悲欢离合的故事。不论围绕山转多久，当我离开时，还是不会了解真实的汗王山，走进它的世界，只是留下它们的影像。

① [英]柯林武德著：《一切历史都是思想史》，第11页，南宁：广西师范大学出版社，2005年版。

东牟山，这一座大山

在行走的旅途中

初冬的小雨，笼罩城市的上空，阴灰的色调穿越墙壁，人的情绪低沉，有忧伤的感觉。这样的日子，不免生出怀旧的思绪。

夜里睡不好觉，梦中艰难地往山上攀爬，楼前野猫的叫声，将我从绝望中救出来。一个不长的夜，三番几次地折腾，白天又是一场冬雨。屋子里不到供暖的时间，冷遍布每一处地方，摸什么都是冰凉，索性回床上读书。

袁炳发费尽周折，帮我掏有关满族的文史书，寄来《东北历史文化谈丛》《渤海王国 100 题》《历代风采录》。身子盖上被，躲避寒冷的威逼，窗外轻缓的雨声，使我进入阅读的享受之中。我读了大量的关于满族、靺鞨人和大祚荣的资料。两个月前，为此我去了一趟东北，拜谒东牟山是此行的重点之一。妻子帮我订好车票，淡蓝色底衬的新款的票，标注车次和行期，我的名字也出现上面。2012 年 9 月 8 日，我拉着旅行箱，背上摄影包，开始到延边的田野调查之行。

对于东牟山，一般人不知道这段历史，这座山引起我注意，是缘于敦化作家杨晓华的一首诗，我们是多年的朋友，相处各一方，经常通过电话交流，我常去他的博客逛一下，读到他贴上的一首诗。

杨晓华的老家在东牟山不远处的红石乡，他熟悉这里的山水，作家写到“东牟山，这千年的老者，在水中坐禅”，我发现“东牟山”和“千年老者”这个关系时，其实倾注作家的爱和怀念。诗使我产生的不仅是诗性，也增添神秘感和探索的向往。我在延边文史资料上，网上搜索东牟山的人文掌故，在敦化市政务信息网读到一则文章：

东牟山位于敦化市西南红石乡临江西村西，距市区 8 公里，距 201 国道仅 1 公里，牡丹江上游的支流大石河在东牟山脚下穿过，一座用于灌溉的拦河坝在河面上形成了一个 1000 余平方米的水面，山水相连，构成了一幅凭山依水的图画。

山城与永胜遗址、敖东城遗址、渤海古庙、六顶山古墓群遥遥相望，互相呼应。东牟山因山城而著名，东牟山山城又叫城山子山城，坐落于大石河南岸海拔 600 米的东牟山上。现山上多生有灌木、榆柳等树木，几条小路直通山顶。

此城大体呈椭圆形围绕在山腰上，居高临下，易守难攻，是古代控制东、西、南、北各路交通的要冲。城垣的周长约 2000 米左右，它随着山峦的高低，蜿蜒起伏于山腰间。城墙基宽 5—7 米，有的地方宽达 10 米以上，是土夹石筑城的，由于年代久远，现城墙残高 1.5—2.5 米。

城的平面东北低，西南高，北壁恰在临水的 40 多米的悬崖上，地势极其险要。此城共有东西两门，两门之间，依山形外突，分别在不同距离设置了3个“马面”，用于瞭望和防守。

东门以内偏南，是一个面积较大的平缓山坳，那里遗留着50多个半地穴式的房屋遗址，房址多为四米宽，六米长，这种“掘地为屋”的建筑方式是人的故俗。距西门百米，有一石头砌成的水池，呈锅底状，深一米，有出口通向北面山崖下，离水池不远，还有一大储水池，据说以备兵马围城解困之用。

在城的中部，有几块铲平的操场状平地，大者长达百余米。这便是当年渤海国大祚荣拥兵演艺所在地。

东牟山城房屋遗址之多，演兵场之大，地势之险，是在牡丹江上游渤海遗址中罕见的。在山城内外出土的文物有矛头、铁刀、铁镞、唐朝钱币等，为渤海早期历史的研究提供了宝贵的资料。①

渤海国第一世王大祚荣，建立这座城市，创立震国。在文字的每一条街道上，拥兵演艺操场，高高的城墙上，都留下大祚荣的身影。每一处街道的设计，每一处建筑的布局，经过精心地策划，不是盲乱地摆布。我喜欢临水的北壁，40多米的悬崖上，地势非常险要，不可能轻易攻上山。此处的重要不言而喻，共设有东西两大门，门与门之间，依山势外扑，修筑3个“马面”，用于瞭望和防守城市。这里地形险恶，视野开阔，放眼望去，能看很远的地方。大祚荣常来这里，面对壮阔的山野，饱览自然的风光，远眺中他在思考国家的命运。时间遮蔽历史的真面貌，历史在我们的前面，我们对古人生活的地方检验，从地理、资料、实物，多维的角度揭示。一个人的结束，是一段历史的完结，大祚荣精心打造的国家，由辉煌到衰败，如流水一般地跌宕。今天我们面对这座山时，在荒废的山城中追踪君王的影子。我们除了悲凉，还有什么呢？

---

① 《敦化东牟山古城遗址》，敦化市政务信息网，2012年8月7日。

东牟山下的大石河桥

山脚下的屯子，被冰雪覆盖

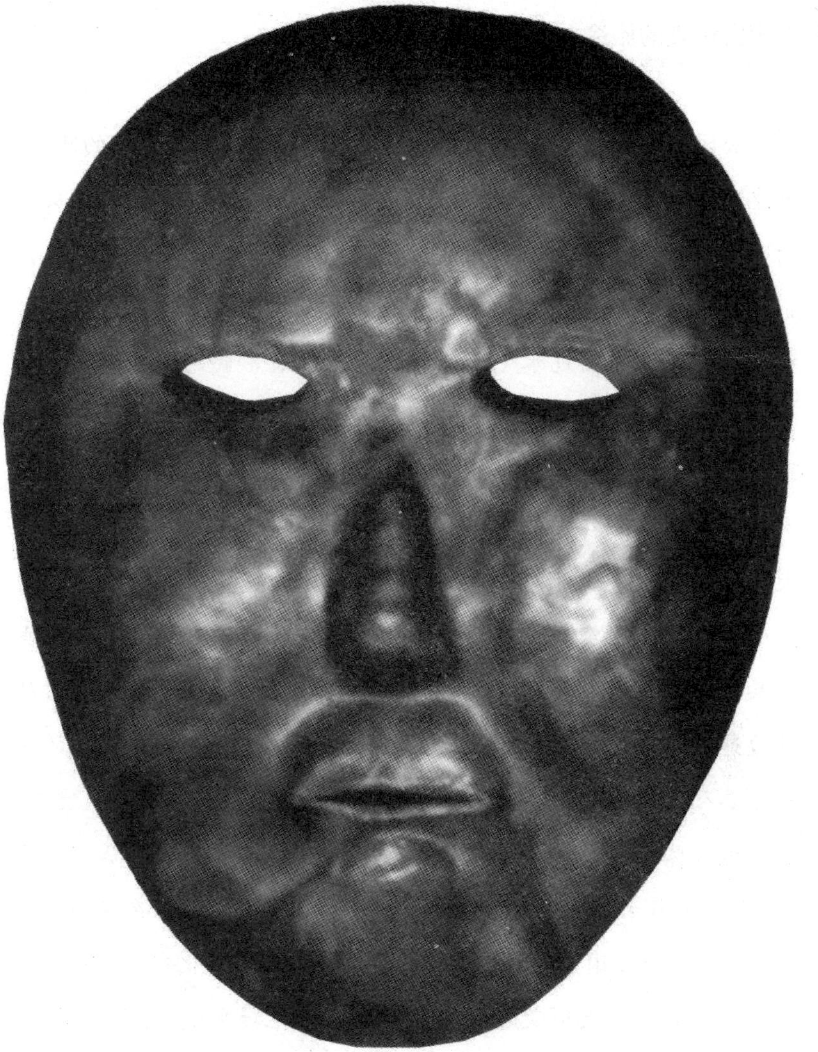

满族萨满招魂铜面具

行程和心情一样按捺不住，一天天临近的日子，渴望变得越来越强烈。东牟山在远方，人怎么能静下心。

我是23点12分，踏上东去的列车。夜已经向深处延伸，人们进入睡梦中，我却在田野调查的旅途上。

公元686年，粟末靺鞨人参加契丹人李尽忠反抗唐王朝的队伍。女皇武则天为了分化反唐阵营，封靺鞨人首领乞四比羽为许国公，封大祚荣的父亲乞乞仲象为震国公，并赦免他们的反叛之罪。他们乘东北西部地区唐王朝势力削弱，老家松花江流域已成空虚之机，离开辽西东渡辽水（今辽河）以图发展。武则天派李楷固率兵追击，乞四比羽被杀，乞乞仲象去世，大祚荣继其父成为粟末靺鞨的大首领。他英勇善战，有勇有谋。他团结靺鞨人和高句丽人，与唐朝军队在吉林中部的天门岭大战，唐军被打败，领兵的大将李楷固逃回辽西。公元696年，北部的突厥人入侵中原，辽西的契丹人依附突厥，切断了东北到中原的道路，唐王朝无法再派兵追赶靺鞨人。大祚荣乘机率领部众东进，回到了今天的吉林延边地区奥娄河（即牡丹江）上游地区。这一带是粟靺鞨人的先世挹娄人故地，牡丹江两岸，张广才岭两麓，水草肥美，气候宜人，非常适合休养生息，大祚荣带领大家在东牟山下筑城而居。公元698年，大祚荣建立了震国，为震国王，国号靺鞨。以东牟山城为王都。这个渤海国最初的都城，就是今天吉林省敦化市的敖东城。后来的大武艺、大钦荣迁都东京、上京，把敖东城叫做旧国。大祚荣把他建立的政权命名为“震国”，显然是因为他的父亲乞乞仲象曾接受过武则天给予的封号“震国公”这充分表明他对中原唐王朝是很有感情的，是十分尊崇的。

果然，当唐高宗的儿子中宗李显复位之后，于神龙三年（公元707年）派侍御史张行岌去震国抚慰。大祚荣非常高兴，隆重接待，派他的二儿子大门艺随张行岌入唐。中宗皇帝对大祚荣的做法很满意，留大门艺在宫廷，任侍卫官。不久，唐中宗下诏，在大祚荣领之地即牡丹江中游地区设立忽汗州，封大祚荣为渤海郡王。但因契丹突厥连年侵犯，使节未成行。唐玄宗即位后，派郎将崔忻慑鸿胪卿到震国，册封大祚荣为左骁卫大将军、渤海郡王，以其领地为忽汗州，大祚荣为忽汗州都督。并封大祚荣长子大武艺为桂娄郡王。大祚荣欣然受封，他的政权从此去掉靺鞨称号而称渤海国。[①]

接近这段历史，越是产生奇怪的感情。我仿佛迷失道路，左突右冲中，不知什么是真正的方向。东牟山是一本大书，不能错过每一处细节，这个过程艰辛，不是一两天所能完成。东牟山不是虚构的小说，编织曲折的故事。它是历史，真实存在的历史，大祚荣居住的房子里，窗子朝哪个方向开，他的爱好是什么，大祚荣是怎样对情人表达爱。这一切是我们希望看到的东西，文字缺少记载，只有山城记住大祚荣的音容笑貌，爱恨时的神情。一个作家，一个史学家，一个民俗学家，一个人文地理学家，他们对待历史，对待大祚荣的研究不同。

2012 年 9 月 22 日，我在敦化的高速路口，和作家刘德远、评论家王海峰碰面。他们大老远地跑来，让我过意不去。

中午又结识几个敦化文友，吃着家乡菜，听家乡人的口音。在座的王玉欣，我在山东时和她通过电话。她发在《雁鸣湖》上的散文，写的是她的老家六号官屯，给我留下深刻印象。

敦化文友的热情，使我有了回家的感觉。我们交流读书，漫谈文学写作，午饭吃得心情通畅。

---

① 黄强、张克著：《历代风采录》，第 40—41 页，哈尔滨：黑龙江人民出版社，2011 年版。

吃罢午饭，我们来到江东 24 块石，面对路边的历史，有一种苍凉升起。离开 24 块石，我们前往东牟山拜谒，文友高春阳的石料场在东牟山附近。他找了当地的工人做向导，指引我们上山。东牟山看似线条单纯，其实地势险峻，山上灌木丛生，枝蔓相连，草丛浓密，平常无人进入。向导虽是当地的土著，但他不清楚进山有几条路，哪一条是正确的方位。我们也不想难为他了，随缘而行，朋友们在热情地煽动下，开始自己的探寻之路。从这里向山下望去，大石河水流平缓，向下游流去，我们进入林中不知路在何方，完全凭知觉往上走。这既是危险的行动，也是快乐的事情。由于缺少向导，我们大家献策出谋，如何选择最佳的路线。山势陡峭，林木交织，脚下是一条难以辨认的小道。人往高处走，借住树枝的帮助，费尽心力地攀登。刘德远在前面开路，他踩倒杂草，拉开杂乱的树枝，提醒后来者前方的情况，抓住藤蔓或是树枝，再传递给下一个人手中，我不是年轻人了，身体勉强撑住，气喘吁吁。山上清冷，从身体里往外跑火一般，皮肤浸出汗水。

刘德远的身后，我是一行人中最艰难的了，鞋子不太争气，这是一双散步鞋，走在城市的马路上，还是英姿飒爽，一到山上就水土不服。鞋垫是活的，往山上爬时身体前倾，脚和鞋是错位的方向，两个不同的力使我吃尽苦头，有几次滑倒地上。裤子沾上泥土和草，鞋子也脱落，这样的狼狈样，是多年不曾出现过的了。费尽千辛万苦，攀过一处不长的石墙的残迹，地势渐缓，我们停下行走，这段石墙就是山城遗址。城墙是一张陈旧的地图，它准确地标注历史的点位，记录下当年的情景，绝不是虚拟的推测。

枯竭而交瘁的痛，挣扎的城墙，在杂草和灌木丛中，显示自己龙骨一般的骨骼。抖落身上积压的时间尘埃，恢复“力拔山兮气盖世”的气势。箭镞乱飞，战鼓咚咚，敌兵攻城，惊心动魄的日子，无数的箭支，不能射穿的城墙，经不起岁月的考验，主人走了，荒草自然地生长。攻与守，生与死，场景变作历史的记忆，苍凉和悲怆，雾一般的不肯散去。鲤鱼打挺一般，想将自己曾经雄壮的脊梁，跃出草和灌木的覆盖中，在阳光下展示昔日的身影。

大祚荣的目光投向东牟山，踏上进山的路。东牟山于是有了历史的意义，他们联系在一起，山获得不一般的价值，人使山演绎故事，让人留下猜不透的谜。大祚荣激情澎湃的男人气魄，此时与眼睛中映照的新升的阳光融合，出现特殊的光芒，这是温暖、博大和爱的流露。

黎明对于大祚荣是一件大事情，是一项伟大的仪式。露珠在叶子上滚动，淡淡的雾气从谷地升起，缠绕山间，大祚荣带着兴奋和喜悦，目睹这一情景的出现。他感受瞬间的变化，具有深刻的意义，是神的安排。

站在这里向山下张望，大石河安静地流淌，山水相依的图画，透出一股灵气，在大地上缭绕。当年大祚荣可能从这个角度观望，听大石河的流水声，看飞过天空的鸟，不留下任何痕迹。这种反差的对比，让他思悟国家的命运。

东牟山坐落大地上，一年四季，遵循大自然的变化。曾经生活山城里的大柞荣，内心世界复杂多变，痛苦中做出的每一个判断，决定他的百姓的未来。我们梳理的不仅是过程，而且是历史的温度，还原历史真相，还原人物的丰富情感。建筑凝聚那个时代的影子，反映政治、军事、文化，每一块石是历史的书。大祚荣经营的这座山城，街道、民房和城市，寄托他人生的理想和希望。

读到高春阳的文章，附近搞石材的人，每年的阴历三月十六，是民间的“山神节”，老百姓管它叫老把头节。相传这一天是山把头的生日，杀猪烧香，摆供许愿，山神、河神、土地神、四面八方财神，各路诸神、百仙要逐一敬飨。

一千多年前的满族先人，接受“万物有灵”观念。女真人认为采石，势必破坏山体的自然生态，所以向山神陈诉原委，祈求平安。

馒头插上香炷，黑色猪头一个，猪蹄四只，活公鸡一只，水果、糖果依次摆好。祭拜开始时，点燃鞭炮，老板红布缠身，机器、设备、大门、车辆都拴上红布条。

风水先生准备好六至八个“斗”，就是拿黄裱纸糊成的筐，内装写给各路神仙鬼怪的开路文书。“表”上书有“兹有某厂老板某某，为阴历年某月某日生人，在此开山动土，今日特地摆供诸位神仙，请各位山神、河神、土地神、东西南北神、车马路神、游鬼散仙等高抬贵手，保佑厂子，动扰之处，还请见谅。”

祭祀由风水先生选好良辰，必须与老板生辰八字相匹配，还要与星象吻合。当日摆好供品，风水先生主持仪式，老板披红站立供品前。老板首先上香，然后先生打“表”开路。“打”的意思，就是开始念表文，将“表”装入“斗”内烧掉。时辰一到，鞭炮齐鸣，现场杀掉活公鸡，鸡血滴落地上，绕祭祀场地一周。风水先生带领老板，东西南北分地伏跪拜磕头、口中念念有词，说保佑平安的话语。

吃山的人，乞望神灵保护，一年中平安和发财，祭祀流传千百年来，对山民进山的艰辛生活，起到重要的精神作用。

在山上，人一歇下来，秋风吹身上汗顿时消散。往山上望去，密实的林子，人们无力气冲顶了。大家商量后决定下山，我拍下城墙的遗址，留下遗憾在心中。

留下一团历史的迷雾

下山了，并不多么的轻松，我走出最后一块林地，心中多的是伤感，几千里赶来，由于种种原因，无法成功登顶，目睹山头上的阳光照在残址上。

敦化是古老的地方，它是满族的先祖肃慎人的聚居区，也是满清皇室的发祥地。这里的很多历史是学术界争议不休的焦点，不论哪家都有自己的观点，东牟山的遗址得不到考证之前，当时刘忠义工作在文物管理部门，史学界就东牟山城址的争论不停，他通过田野调查，以翔实的理论依据，大胆提出新的论点，东牟山就是今天的城山子山城。

故国都城的影子消失了，229 年的辉煌历史，金戈铁马、繁荣兴盛的渤海国沉落历史的记忆里，只能化为残迹。

石材厂坐落北岸，穿过大石河上的铁索桥，才能抵达对岸。已经是黄昏的时候，水面洒落细碎的光斑。深秋的季节，作为牡丹江支流的大石河，水的流量不大，安静中露出伤感。我在晃悠的铁索桥上，眺望东牟山，桥下流淌的水声，轻缓的似乎在诉说。岸边交谈中的文友们，不时夹杂笑声，飞进东牟山的密林里。想起杨晓华的诗，“这是一座渤海王国的山 \ 如今 \ 人走 \ 山留 \ 作为一个王朝的废墟”。留下的东牟山，也留下一团历史的迷雾，至今有些事情随时间消失。

我的身上，还沾有山上的泥土，文友帮我拂去，就这样和东牟山做一次告别。

坐在石材厂的大桌子前，文友们买来香水梨、西瓜、烧苞米。我喜爱烧苞米，小时候去姥姥家，早上去地里摘新苞米，姥姥家落地灶不烧煤，只烧木柈子。做好饭后，柈子烧出的炭火旺旺的，正好烧苞米。经常吃几穗烧苞米就不吃饭了，烧苞米的香味，引诱我不顾场合，怀旧中品尝苞米。

晚饭是去红石乡的一个农家乐，从石材厂开车到那里，不过十多分钟的路程，这个乡就是作家杨晓华的老家。

天黑透了，车子停在空场地上，已经分辨不清远处的景物了。我不想很快地走进餐厅里，而是感受从东牟山吹来的风，听溪水的流淌声，夜晚格外清脆。

我想走进黑暗中的东牟山，听风和树木长夜中的对话。

等待新一次的调查

2013 年 6 月 25 日，多云，24℃，微风。清晨四点钟睁开眼睛，窗外已经大亮，宾馆外的广场上，传出晨练老人的声音。

我半倚床头，透过窗子向外面观望，身边是昨夜阅读的《大德敦化》《敦化市文物志》。两本书是敦化文友赠送，尤其《敦化市文物志》是刘德远多年前摊上掏到的，由于是内部印刷，市场上很难见到这样的书籍。我重点对东牟山的文字读了一遍，想从中发现出新的线索，发现被遗忘的碎片。

东牟山对于我是一个情节，2012 年 9 月 22 日，只是从侧面爬到一块平地上，未能登上山顶。东牟山的历史大多从资料上了解，不是亲眼看到古城墙、水井、练兵场，只是目睹山的外貌，它和资料碰撞，融合成黏稠的状态，缺少空间的生命纹理。回到滨州后，我不时地通过电话和敦化朋友联系，询问东牟山的地理情况，进山的正确路线，我准备第二次实地考查。

我要感谢敦化作家杨晓华，是他使我走进了蕴藏深厚历史文化的土地，去年来的时候，他因家中事情去北京，我们未曾谋面，受到他的朋友们的接待，也未完成登顶东牟山。2013 年 6 月 17 日，“首届汉语非虚构写作高峰论坛”在长白山上举行，会议结束后，我来到敦化，住进“金茂宾馆”，开始几天的行走，东牟山是我必须去的地方。

去年登山时的情景还在眼前，今年我又来了，它们连接一起，形成时空的穿越。只是我的年龄又增长一岁，脚上的鞋子，由蓝色散步鞋，换成灰色的登山鞋。我展开想象的羽翅，用饱满的激情，等待新一次的调查。

杨晓华的老家在红石乡，对这一带的风土民情了如指掌，是一块活化石。这是一条普通的公路，联系敦化和远方，东牟山在路的南端。东牟山海拔 600 米，在它的南侧，牡丹江不停地向下游奔流，带着古老的叙说，迎接每一天新升的太阳。文化积落在两岸的土地上，形成村落和城市，大水养育一代代人。相比之下，它北面的大石河，只是一条支流，一个“支”字，不仅是水的流量承载，而是深藏其中的人文历史的容量。东牟山的南部，地势平缓，形成一片缓冲的平原，坐落只有 200 多户人家的屯子，它随山而叫，就叫城山子屯。

2012 年 9 月 22 日，我们越过大石河上的铁桥，从北坡往上爬。这里无人通行，满山是灌木丛和荆棘织成的网状，扯住手脚，每走一步，费尽全身的力气。我们一行人，驾车从临江绕过，在土道上颠簸一会儿，很快就来到东牟山下。从山的正面上看，东牟山算不上大山，在东北只能说是一座小山。在庄稼地中间有一条土路，伸向不远处的东牟山，从这里将走进

左起：孟永杰、杨晓华、高兴玉、高维生、朱长慧

东牟山承包人高兴玉

山顶练兵场

进山的路口

在陈长义老人家炕上，左起：王军、陈长义、朱长慧

东牟山全景

山中，去发现和回味历史上的故事。也许当年，大祚荣所选择开发的这条路，我走的每一步，是踩在历史的点位上。

守山人和我同姓

山脚下立着朝汉两块不同文字的石碑，有一个穿着旧迷彩服的人。随我一同来的敦化老画家王军先生，一眼认出，碑前人就是守山人，前一次他来时碰过此人。看山人叫高兴玉，几年前，花了一万五千元购买的承包权，从法律上来说，50 年之内，东牟山属于看山人。当年建国的大祚荣，至死也不会想到的。

看山人和我同姓，名字叫高兴玉，他很愿意给我们做向导。他是东牟山的流动地图，每天在山上转悠，一草一木，亲人一般熟悉。看山人患小儿麻痹，腿和左手有残疾。他手中的拨罗棍，是他进山的伙伴。从内心来讲，我不好意思，我们在看山人的介绍下，来到古城的西门，城墙坍塌，不细看已经辨不出什么，只有两块大石头，不肯在时间中消失，证明当年的庄严。大祚荣从这里走过，留下一段伟大的业绩，在石的纹理中保存那个时代的气息，大祚荣坚定而有力的脚步声。我尽量靠过去，触摸石的每一处，手抚石上的时候，有不一样的感觉，阳光下的山野那么安静，空气中弥漫草的清香，鸟儿的叫声，在天空画出一朵朵花儿。历史和现实在空间骤然奔腾起来，迅速地从两端向中间汇集，我变成涡流中间。我打开想象的大门，恢复历史中的情景，我从这里进入大祚荣的国度。

不起眼的山，有着这么多的文化积淀。民间传说与历史的真实有本质的区别，一个必须是真实，一个是经过民间百姓的口耳相传，不断地添加自己对善与恶、美好与想象的故事。传说不是人物的传记，也不是历史的记录，但它寄托民间的希望和赞美。在杨晓华讲述的传说中，我们来到那口井旁，枝叶的遮挡，掩不住井的轮廓。常年不使用，尘土和落叶，一层层地填满，堵住往外涌动的泉眼。我们看到的是枯井，当年大祚荣也是喝这口井的水，用它泡茶，洗去身上征战的尘土。如果少了这口井，不可能存在一座城市。看山人说:“现在是看不到什么，到了冬天，严寒的日子，这里不断涌出雾气，因为它是一口温泉。”拨开井口边的杂草，看不出有多深，王军先生研究民俗文化，他正在创作40米长的满族风情画。他来过东牟山并创作过组画，说几年前，井还很深，比现在大多了。井中的枯枝烂叶，刮落的尘土，湮埋泉眼，也封盖住历史。

6枚黄叶，映衬中间的花蕊，我弯下身子察看半天，不知道花的名字。我好奇地问看山人，他说当地人叫它三棱花，因为叶状是三棱的缘故。在东牟山上，认识一种野花的名字，使我心中有难以说出的高兴。

守山人在前引路，走一条在草丛中时隐时现的“羊肠小路”，陌生人进山，是不会轻易发现。杨晓华脑子里装了很多的故事，一路行走，不时地避开横空伸出的树枝，听他讲东牟山的传说。杨晓华在后来的文章中写道:

站在东牟山对面的时候，看见在山坡上有一大片只长草不长树，整个凹进去一截，且非常地整齐。凹进之处东西有100多米，上下有300多米，斜斜地嵌在山腰上。对于这个现象，高维生感到很惊奇，问我是不是有人把树砍成这样？对于这个问题，我却略知一二，这也是听大人们讲的。说这是薛礼征东踩过的一个脚印，所以千百年来从来都是这个样子。小的时候觉得是真实的，也宁愿相信它，因为英雄都是顶天立地的，没有什么奇迹不可能发生，何况这么一个大大的脚印？现在看来，这就是人们的一个传说故事。如果说薛礼在此驻扎过军马，是非常可能的，因为当时的征讨大军就路过于此。小时候也曾想过，如果薛礼的一只脚踩在这里，那么另一只脚踩在哪里呢？是否踩在鸭绿江边？

在东牟山上，从高处俯瞰四周，有大片的庄稼地、石料厂、公路、村庄，山中树木和野草覆盖，昔日山中的街道和建筑早已随着远去的时间消失。

天空阳光灿烂，树林里密不透风，走出一身大汗。看山人在前面停住，热情地招呼我们，他说这就是古城墙。扒开密实的植物，看到石子垒砌的墙，一道突起的土埂是城墙的残垣。我怕惊动什么，注视垒起的石块，缝儿间钻出旺盛的野草，泥土、植物和石块，经过多年的风吹雨打，它们还是不分离，基本保持原状，使我们今天能看到昔日的残迹，它是权力的象征。过去是这样的吗？这不仅提出重大的问题，残留的墙基是活着的标本，它在挣扎中叙述远去的时间。它不是独立的存在，亲眼所见一个时代的经历，血脉的茎蔓连接历史，不是大自然的风雨可摧毁。在它的面前，我们不需要假设，不需要推理分析，它是已经盖上历史证据的钢印。

看山人腿脚不便利，在山林中却比我们灵活，走了这么长的路，不见他有什么大的反应。我跟在后面身体吃不消，因为有看山人带路，我们不是在山中乱走一阵，而是按照资料上的点位探寻。在北坡上，出现了一片平缓的地带，不长树木，只长大面积的杂草，相比旁边的树林矮了下去。杨晓华兴奋地告诉我们："这就是薛礼的脚印，在山下看到的凹陷的所在。"

时间不停地改变，草荣了，又枯了。当年的士兵，早已化作泥土，战旗随着远去的厮杀声，存留在历史中。我站在练兵场的中间，2013 年 6 月 25 日的太阳，照在头顶上。我在倾听远古传来的操练的口号声，大柞荣的目光，盯注自己的子弟兵，他们一同生死出入打下天地，创建新的国家。练兵场的草丛中，长着三棱花、野玫瑰和不知名的野花。它们使空旷的练兵场，有了诗意的浪漫，使历史瞬间复活。

76 岁的山东老乡

看山人在短暂的交往中，与我们很快地熟悉起来。走出东牟山后，看山人带我们进屯子，去看一位年长的老人，他的名字叫陈长义。老人今年 76 岁，身体硬朗，坐在农家的土炕上和我们聊了起来。老人的老家是山东日照，5 岁时随父母闯关东，落户东牟山下，当时只有三十多户人家，是一个朝、汉、满混杂的屯子。老人盘腿坐在炕上，他的口音中听不出山东味，开始的时候，对我们并不是热情相悦，话头转到东牟山，他的话匣子打开。老人一辈子围绕山转悠，熟悉这里的地理状况，民俗风情，有的故事是他亲身经历，不填加演义的成分。他说我们经过的东门，有一个万人坑，它修成坛子形状，只要关进去，就别想爬出来。听老一代人传说，里面关押的是俘虏，不给任何食物，全部是饿死的。万人坑一带阴气重，即使晴爽的日子，阳光充足，看山的和放牛的都不愿去。一走近那个地方，感觉呼吸急促，身上冒出虚汗，腿软不听使唤。现在万人坑已被尘土和枯叶填满，具体还有什么不清楚。一唠起过去，老人右手撑在腿上，左手团成拳头，支在“下巴子”上，紧闭的眼睛，将时间推到老人的面前。他说起过去的事情，有一年的清晨，屯子中的徐宝春，年轻气盛，早上去东牟山放牛。走在林密草茂的山中，忽然听到有人问他：“你来得这么早啊？”他向四周打量一番，看不到人的影子，前面不远处就是万人坑，吓得脸色苍白，一下子掉了魂。牛也不管了，失神落魄地往山下跑，回到屯子里，家里人看他的样子，明白他受到惊吓，必须找人叫魂。用牛车将徐宝春拉到东牟山下，当地的民俗，是将鸡蛋烧熟，缠上红线，然后吃了鸡蛋，将红线拴在手腕上，用“抢锅刀”在城门石上敲打，口中念叨说：“宝春回家来，宝春回家来！”

老人小时候在山上玩，经常捡到箭簇、刀枪、抢锅刀等东西。附近的朝鲜人逢年过节的时候上山祭祖，听老人讲渤海时期的故事。村里有侯、于两大姓，他们两个是跳大神和二神的人，村里人有病有灾，请他们出来跳大神。有一次二神耍大刀，龇牙咧嘴，不知口中念什么，吓得他转身往家中跑，途中鞋子丢在什么地方都不知道。老人讲述的是他的生活经历，无半点虚构，一个故事，一段片断，串联起来后发现，都是在围绕东牟山展开。

我请老人合影，他愉快地答应了。我们坐在炕沿上，老人笑得自然，镜头留下东牟山下老人的形象，他是活着的历史。回味2012年9月22日，那天的夜晚，我伤感地向东牟山一望的情景，这个瞬间接通时间和空间的断裂。

嘎呀河畔的黄昏

走出百草沟小镇，过了一座小桥，李鹏山停下越野车。一跨出车子的门，我被西边天际的景象惊呆，望着天上的云，无法用语言形容。河上空的火烧云变幻色彩，笨重的黑瞎子，气势汹汹地扑来，一条游走的红鱼儿，追逐前面的小鱼儿，两条狗张开大嘴，吞吃一朵朵彩云。

黄昏来到嘎呀河边，水中倒映天上多彩的云，挖沙子的挖掘机，还在河滩上工作，钢斗将沙子装进汽车中。秋天是嘎呀河的枯水期，露出大片的河滩，掠夺般的开采，破坏河两岸的资源。过去的百草沟，这个时间筏子停泊岸边，不再往前漂流了。筏夫们准备过夜，还要由木税局验筏征税，这一套手续完成后，才能开始下一段的行程。历史上放木筏的情景，消失得无影无踪了，只有在文献中查询。嘎呀河发源于老爷岭山脉，途中接纳多条大小溪水，最终注入图们江。嘎呀河的名字很有地域特点，它在辽金时代被称为“孱蠢水”，而到了清朝称为“噶哈哩河”，以后又改叫嘎呀河。全程216公里，流经途中百草沟是必经之地。嘎呀河沿岸丰富，地下埋藏金、铜、煤、石灰石多种矿产资源。嘎呀河丰沛的水量，滋养两岸的土地，它也是运输上的一条黄金水道。清朝它改名为“噶哈哩河”，这块满族发祥地，还被列入封禁之地，为皇家奉献过“东珠”。清代的采珠是有组织的专业性劳动，东北的各条水域都有采珠队伍，不是任何人都能捕捞的。北珠被称为淡水珠，主要产于东北的吉黑两省一带的淡水河流中。

康熙年间，南方常熟人徐兰来到吉林、黑龙江等地，看到北珠的开采盛况，目睹“珠丁”们的艰辛，并在《采珠序》中写道：“岭南北海所产珍珠，皆不及北珠之色如淡金者名贵。”徐兰说的北珠，由于长期的滥采，生态的破坏而最终灭绝。北珠颗粒大，颜色鹅黄，鲜丽圆润饱满，晶莹剔透，北珠的采捞到了清朝进入盛期，当时皇宫有专门机构——珠轩——对采珠进行严格的规范管理。

珠轩在各产地设一个珠柜，对采回的珍珠进行管理与收购。清朝曾在吉林的乌拉设衙门，设置官员专管捕珠的业务。每年四至九月，天气转暖，江河解冻，总管便派人沿松花江流域捕蚌：

> 采珠，每年春季江河解冻始，直至深秋结束，亦有延后至结冰之前者。珠丁有近大半年时间抛家舍业，露宿荒野，苦不堪言。
>
> 采取方法比较简单，用具也比较少，主要是船只、撑杆以及小刀等。
>
> 首先将船只驶往指定的江河口岸起点处，安扎帐篷，船头固定一长绳，顶端拴个石头坠子。当船只驶达稳水处后，将石坠抛入水中起固定船只的作用。之后，珠丁们才各自撑杆潜入水底，若摸到或脚踩到蛤蜊时，即将其捧至水面，扔入舱内，若天气寒冷，每下水一刻后，须摸船帮饮一口烧酒。若船只载满蛤蜊时，可将

船靠岸就地将蛤蜊逐个剖脊开膛。往往上千个蛤蜊中，难得一个成珠。[①]

冰凌解化，水寒扎骨，血肉之体很快被寒气消耗热量，他们从河水中采捞，在成百上千的蛤蜊中挑选出一个成珠，最后碰一下的资格都没有。从史料上看，珠丁的命运都是悲惨的结局。我在嘎呀河边未发现采“东珠”的珠丁，扶着船帮喝烧酒的样子，在山野粗口声中，木筏停泊嘎呀河边的情景。李鹏山对我说：“照一个像，这是难得的纪念。”调整一下情绪，背对火烧云，快门响动声中，思绪行走历史里。满语中采珍珠称为“尼楚赫”，后来还演变成一种体育运动的项目。比赛时要有两队对抗，一队六至七人参加，场地为长方形，在中线两边划出三条线。它们分别是水区、限制区和得分区。队员站在自己的得分区里，手持特制的网兜，看准对方投过来的球就得分了。在封锁区内，各队有两名队员持球拍，充当水中的“蚌”，拦截对方投过来的“珠”，余下的队员都是“珠丁”，充当采珠人。

我向河边走去，想捧起彩色的河水。童年在姥姥家门前，看到溪水上空的火烧云变化，姥姥说：“天狗来了，小孩子要听话，不然天狗把你吃了。”长大了，读萧红的《呼兰河传》，她写家乡的火烧云，充满深情地爱意：

天上的云从西边一直烧到东边，红彤彤的，好像是天空着了火。

这地方的火烧云变化极多，一会儿红彤彤的，一会儿金灿灿的，一会儿半紫半黄，一会儿半灰半百合色。葡萄灰，大黄梨，茄子紫，这些颜色天空都有，还有些说也说不出来、见也没见过的颜色。

一会儿，天空出现一匹马，马头向南，马尾向西。马是跪着的，像等人骑到它的背上，它才站起来似的。过了两三秒钟，那匹马大起来了。马腿伸开了，马脖子也长了，尾巴可不见了。看的人

---

① 尹郁山编著：《吉林满俗研究》，第 18 页，长春：吉林文史出版社，1991 年版。

运木场景

贮木场

林间伐木

正在寻找马尾巴，那匹马变模糊了。

忽然又来了一条大狗。那条狗十分凶猛，在向前跑，后边似乎还跟着好几条小狗。跑着跑着，小狗不知跑哪里去了，大狗也不见了。

接着又来了一头大狮子，跟庙门前的大石头狮子一模一样，也那么大，也那样蹲着，很威武很镇静地蹲着。可是一转眼就变了，再也找不着了。①

写作《呼兰河传》时，萧红住重庆的北碚。她常乘船过嘉陵江，注视流淌的江水，看落日云霞，一定想到家乡的呼兰河。火烧云在萧红眼中是欢乐的动物园，她找到大自然给予的快乐。她在书中道："可是一转眼就

① 萧红著：《呼兰河传》，第38页，北京：中国青年出版社，2003年版。

变了，再也找不着了。”萧红用了几个动词，将内心的感伤表达出来。在城市里生活，很少看到这样的火烧云了，童真的情感涌出来。

走下陡斜的河岸，不顾野草的纠缠，急奔到河边，掬一捧水，看它从指缝间滴落。

《延边朝鲜族史》书中，有一张极其珍贵的照片，长长的嘎呀河，水面宽阔，岸边的杏树开满白花。这是长白山区美好的季节，寒冷的冬天退去，杏花尽情地开放，筏夫操纵木筏顺流而下。黑白照片保存得完好，画面留下那个时代，摄影师站在岸上，俯瞰嘎呀河上放筏的排队，山野之水中劳作的筏夫打动他的心，拍照片时的心情一定激动。“照片与被回忆的东西都依赖于时间的流逝，但也对抗着时间的流逝。”[①] 在时间和时间的对抗中，照片呼吸出真实的气息，它和绘画不同，不是临摹模特儿。当我们的情感穿越时空，捕捉到那个年代人的生存状态。延边作家通过文字，描写嘎呀河畔的风情，他和照片中的情景一样，发现春天的杏树：“离家很近的后山，山杏花开得蓬勃，树枝伸进了一家家的院子里，山杏同家杏比翼怒放。远处的田野里，农民们正在这山花烂漫的时节播撒春天的希望。”[②] 一个置身于家乡土地上的写作者，记下大自然的变化，从每个字中感受热爱的火焰，点燃创作的激情。秋天了，嘎呀河边的杏树吸足养分，叶子泛出金黄色，过不了多久要落下，等待冬天的到来。我捡起一块鹅卵石，它被河水洗磨得光滑，鹅卵石在手中产生奇妙的感觉，似乎触摸记忆的心跳，我在石的纹络里，整理一条历史的点位。

1879 年，清光绪五年，沙皇俄国的木材商们，早就盯住嘎呀河畔，丰富的森林，他们想尽一切办法，强行开发的优质木材，通过嘎呀河水道，编好筏运往海参崴。1910 年，大批队伍进山，采伐大汪清和百草沟一带的

---

① 约翰·伯格著：《另一种讲述方式》，第 251 页，南宁：广西师范大学出版社，2007 年版。

② 陈化鑫著：《春到嘎呀河》，《延边日报》，2011 年 3 月 24 日。

林木。大量木材的流送，主要依靠嘎呀河的水运。每年5月开始，大小把头召集“斧子手”和“爬犁手”，使木材编成筏子，组织顺水放排。把头在筏子上刻下特殊记号，如果水中散筏，便于找失落的木材，重新拢一起归序。编排不是简单的事情，面对漂浮的木材不知从何着手，完全凭多年的经验和眼力。每个季节的流水量大小不一，筏型不同。筏子第一节称“头子”，中间的一节仿佛人的腰部，筏夫们习惯地叫它为“腰子”，最后一节是尾部，所以形象地叫“尾子”。它们联结起来，各筏的尾部，设一掌握方向的筏橹。

一切事物准备妥当，编好的筏子停在嘎呀河中，要举行祭神的仪式。双膝跪下，头触碰大地上，祈求神的保佑，他们相信神统治森林和河水。把头的声音带着真诚的温度，浓厚的深情从身体里爆发。向苍天和野水飞去，他的十指抓住大地，接受给予的力量。他们哼唱的古歌声中含满敬畏，还有原始的向往和理想，莽林中的每一次祭神的仪式，这是人和神的对话，人和天地的对话，持香炷的手，被清冷的河水泡洗过，水洗净皮肤中的尘垢。

木把们也是血肉之躯，人一上排离家越来越远了，生死拴在排上了。他们记忆的家，是鸟巢一样的温暖，不光能隔风避雨，女人的身子，缠绵的情感，使他们有不可分离的思念。

桃花水下来了，木把们开始艰苦的放排的劳作，他们面对苍天阔水，唱起思恋的小调：

老恶河，十八浪，
浪浪打在心坎上。
逼近黄石头，
木排抖三抖；
把心衔在口，
把命攥在手。

官人

哥哥你这一走，
撕掉妹子心上肉；
恨只恨那晚上，
亲你没亲够！[1]

把头是受人尊敬的人，他是跑遍嘎呀河畔的老江湖，熟悉调动有性格的筏夫，还要应酬沿岸的税员。他说一不二，必须绝对服从他的指令，大山阔水的运送途中，他和筏夫同生共死，演绎多少悲欢离合的故事。木筏、烈酒、野歌、女人和大水，一个旧的习俗沿袭下来，是时间里积攒的产物。独特的地理环境，人的生存状态，构成文化的背景，形成特殊的规则。朴达洙考查嘎呀河历史后写道：

筏子到百草沟停下，由木税局验筏征税。常年干旱，河水少的年份，经常发生搁浅，流筏被迫中途停流，木材当年送不出，只好在第二年涨水期流送。河水大时，经由今满星台城（筏夫们称“满台石”“满天星”）水电站堤坝附近河段时，因河道窄，流水急，河中露石多，往往发生撞筏、翻筏，筏子被冲散、筏夫淹死的事故。流筏顺利时，在嘎呀河与布尔哈通河汇合处的合水坪，将两筏合成一个筏，进入图们江口，便无险阻，顺流而下了。从小三岔口往下，每个筏场间约 5 公里。流经珲春西湾子（珲春西部 1.5 公里处）后，木材就从木把头转到财东或木商手里，流筏便告一段落。新木材主们在水中检尺记账，按合同付款或按市价购买。尔后，把头发给各木帮和筏夫们应得的工资。至此，这一期木帮们解散。新木材主则另找一批人，把原木筏编成大筏，流送到朝鲜土地。筏夫的工钱，一般采用承包的计件制支付。从嘎呀河上

① 曹保明著：《木帮》，第 55 页，长春：吉林大学出版社，1999 年版。

游流送到百草沟，每3人16元；百草沟到西湾子，每3人亦16元；西湾子到土里每4至5人42元。[①]

一个多小时前，我路过满天星水电站，那湍急的水流中，发生很多撞筏的事件，一条条生命消失了，而失散的木排重新归拢，编排新的行程。水上响起粗野的山歌，筏排带给人希望。水上的生活和陆地上不一样，寂寞的时候，喝几口火辣的烧酒解闷，思念了，扯开嗓子喊几声，让声音跳跃水面上，落在岸边的草棵子里。阴云堆积的日子，筏子顺水而行，下雨的时候，他们无处藏身，凭着结实的身体抵抗密实的雨水。人一上筏子，命拴在上面。我在倾听它的诉说，一个个远去的故事，嘎呀河是一条河，也是一段流动的历史。

手中攥着鹅卵石，黄昏的秋风，一阵阵地拂来，野草的气味冲劲十足。嘎呀河的水拍击岸边，哗哗的水声塞满耳中。水面映彩云，天际的火烧云暗下去，黄昏浓重了。

2011年9月5日，回家乡探亲的火车上，在16车的卧铺车厢里，我对面铺位的一个中年人，闲聊中说自己是嘎呀河边的人。小时住的地方离河几百米，他每天长在河边，只有母亲的呼喊声，才能唤他们回家。夏天孩子们整天泡在嘎呀河里，搂狗刨、打漂仰、捞蛤蜊、捉蝲蛄。累了躺沙滩上晒太阳，到林间拣枯树枝，燃起一堆火，烧蝲蛄和烤捞出的鱼。他喜欢吃母亲做的“蝲蛄豆腐”，嘎呀河里抓到的蝲蛄，拿到石磨上碾成浓稠的液体，然后盛入碗中，兑入调料和油放到屉上蒸，风味独特。嘎呀河独有的吃法，他走遍很多地方，未再见过类似的做法。现在滥捕乱捉，蝲蛄越来越少，人们也懒散了，石磨几乎绝迹，餐桌上难得见到蝲蛄豆腐。火车向着家乡疾驶，人的心早已回去，游荡嘎呀河边，

① 朴达洙著：《嘎呀河流域的流筏拾零》，引自《昔日延边经济》，第193—194页，延吉：延边人民出版社，1995年版。

海东青图（清《禽虫典》）

寻觅童年的自己。

黄昏在水面厚重了，我的手插进水中拨动，撩起的水花让水冲走，连同记忆走向远方。手中的鹅卵石向河中心抛去，一声沉闷的响声，砸出一个水的花朵，波纹向四处推去。我曾经在延边生活二十多年，只是知道嘎呀河，对它的了解太少，通过零星的口传，读关于它的资料，很多记载的事情无法想象。面对这样的河流，促使我有了回家乡看它的愿望。

土地还是那片土地，当年地图和资料上记下的森林、屯子和嘎呀河，已经发生大变化，森林消失，土地开垦，河水萎缩。我在水中看到自己的影子和云彩，秋天的嘎呀河变得瘦弱，长长的筏子，筏夫的粗门大嗓漂流历史中。我调动遐想，编排一组组形象，让他们走过嘎呀河上，我们仅凭阅读的资料，无法想象出清晨的景象。把头一声令下，筏夫们走上筏子，开始新的航程。排橹摇动嘎呀河水，筏子撞出的水花，瞬间被上游下来的水吞噬，清爽的风，拍打筏夫休息过来的身子。我想请筏夫停下，坐在岸边喝一杯烈性酒，在酒的燃烧中，讲一讲嘎呀河上的老人老事儿。看把头抽烟，望着脚下流动的水，他眯缝的眼睛里藏满故事。

我拔了一棵野艾，投入水中，它被冲向远方。这一情景很快变作记忆中的事情，只有手上残留的气味，还是那么浓烈。

李鹏山发动车子，我将进行下一段的旅程。

透过车窗，注视天边的火烧云散开，如火的燃烧后变成色彩的灰烬，向山后坠落。嘎呀河等待夜的降临，我的目光停留河面，心已经向它告别了。我观看嘎呀河，它也看着我，相视之中，记忆中多了思念。

猜不透的二十四块石

一

站在公路边上，注视来往的车流，二十四块石卧在铁栏里。我们对它一无所知，只有眼光中的惊叹和心中的疑惑。我来到牡丹江岸边，第一次与二十四块石相遇的复杂情感。

江东二十四块石，缺少石刻造型的艺术，它不过是普通的原生本色，只是石质的表面，经受大自然的吹打，留在沧桑的记忆。它不大的体积，引不起那个时代文史记录者的注意。二十四块石和一个国家相比，相差甚远，不可能详细地说明记载。

一千多年后，当我面对江东二十四块石，读到什么呢？它是一首挽歌，每一个石块，记下发生的故事。它是一条河流，漫长的岁月里和牡丹江相依相偎，融入这块土地上，是绵延不绝的回忆。江东二十四块石不仅是历史的遗物，镌刻下的时间，不同的时代，不同的风雨覆盖石上，当我们小心地揭去，能发现什么呢?

我们看到江东二十四块石，获得震撼的力量，石上的坑凹，它比文字真实，不带虚构的东西。历史从这里跑出，那个下午，我从石质的车站出发，沿着它指引的线路，走向遥远的历史，又从历史中回到现实。

夜晚在富临园酒店的床上，那盏孤灯的窗外，正是敦化安静的时候，夜行车打破静谧，读《长白山满族文化研究》，其中有民俗学家李果均撰写的《二十四条石的传说》：

> 传说，从前牡丹江三天两头发大水，洪水一来，锅碗瓢盆水上漂，牛马猪羊随浪走，淹的两岸百姓叫苦边天。老察玛听说了，赶来用脱力一照，原来是一条孽龙在这牡丹江源头兴风作浪。老察玛刚收起脱力，就来了一个身高丈二三尺的黑大汉，老察玛一眼就认出它就是孽龙，于是就在城外比起武来。老察玛把穿铁鞋、戴铁帽、吃红枣、捋红绦、上刀山、下油锅等绝招儿都拿出来了，也没难住这条孽龙，最后老察玛请来了塌斯哈恩都力（虎神）。这老虎神可真厉害，它一来孽龙立刻现了原形，一条十几丈长的乌龙，一纵身起了空，一只跳涧猛虎，一跃追了上去，这一龙一虎在古城上空搏斗起来。他俩从空中滚到地上，又从地上打到空中，爪对爪，牙对牙，打了七天七夜。最后它俩的爪都抓到一起，虎爪没有龙爪长，龙爪抠进了老虎蹄，把蹄子抠漏了，顺蹄子往外冒血，使老虎至今作下了“漏蹄”的病根儿。老虎也一口咬住了龙脖子。就看乌龙一曲卷，用尾纠缠住了老虎的脖子，越勒越紧，老虎被勒得翻了白眼儿了。正在这紧要关头，就听一阵风声，只见城东南一块巨石，拔地而起，直上云霄，又“忽”的一声砸了

下来，正砸在乌龙的头上。这块石头是从哪来的呢？原来是卧在古城江对岸那二十四块巨石之中的一块。这巨石承受千余载的日月光华，成了灵物，便同这里的百姓同欢乐共忧愁了。孽龙发水害民，它就是气得鼓鼓的，可是治不了这恶龙。今天在这龙虎相斗的关键时刻，它不顾同伴的劝阻凌空向乌龙头上撞去。乌龙被它砸昏了，虎神才得救了。老察玛给这孽龙上了锁。他见这巨石有镇妖之威，就把它系在乌龙脖子上。乌龙苏醒过来，老察玛把它牵到三角龙湾，那是东海龙王的监狱，一些犯罪的孽龙都圈在那里。这块巨石也就随着孽龙进入了三角龙湾，从此这二十四块石，就剩下二十三块了。①

2012 年 11 月 22 日，我通过朋友找到敦化刘野先生的电话，他和我父亲是多年的老朋友了，从上个世纪八十年代，我们一家搬迁山东后，我父亲和很多老人联系不多了。2012 年 11 月 18 日，我收到刘野先生从敦化寄来他的《追求》，看到题词很感动。他对于我是文学前辈，尤其和我父亲又是老友的关系。2012 年 11 月 22 日，中午时，我给在重庆去看孙子的父亲打电话，说我和刘野先生联系上了，他急忙地说，要一下地址和电话。我在电话中询问李果均的情况，刘野先生说，他在长春今天做白内障手术。我读过李果均的很多满族的传说，通过刘野先生的文字，我更多地了解李果均的个人经历，他们是一辈子的好友，刘野先生在《相聚大、小黄楼》回忆文章中，说起 20 世纪 50 年代末，当时敦化还是一片平房。只有翰章大街中段，有一座外涂黄色的二层小楼，楼里内设木头楼梯。这里是县文化馆，几个有个性的“文化人”聚集的地方。

李果均是满族人，从小生活在满族的发祥地，在摇篮里就听古老的歌

① 李果均著：《二十四块石的传说》，引自《长白山满族文化研究》，第 66 页，敦化：内部资料，第四辑，2010 年版。

谣和传说，长大以后，跟随长辈们在珠尔多河上捕鱼，上老白山里学狩猎。额穆镇原称额穆赫索罗，满语“额穆赫”意为水滨，“索罗”为十人戍所。它位于敦化市区西北52公里，老爷岭东麓，额穆镇历史悠久，1738年，乾隆三年在此地设额穆赫索罗佐领衙门，管理张广才岭地区的军队、地方事务、并设有意气松、额穆赫索罗两个驿站，为吉林通往宁古塔和珲春的必经之路。

在这样的人文环境中长大，一个人对于自己民族文化的热爱，不是肤浅的应对，是血脉的延续。

老察玛、孽龙和二十四块石，在酒店的房间里搏杀，我听到他们的打斗声，天昏地暗，飞沙走石，正义与邪恶厮杀。读完最后一句话，故事讲完了，我回味飞走的石块。酒店里变得安静，疲惫不时地窜出袭扰。这种折磨中，我还是无法入睡，传说的故事扎根心里，不是想让它安静就静下来。

我翻一个身，等待睡眠的降临。

二

牡丹江从来没有停止过脚步
也从来没有停止过思考
这到底是渤海国东迁的驿站
还是神仙设下的一副棋局
我实在不懂这四、六的奥妙
说不定真是一副千年的珍珑
我解不开人生的心结和缘起
也就解不开生活的扣子
这奇怪的石头
千年的风雨没有把它变老
反而让它更加稳重
把自己的血液

与大地更加紧密相连
这千年的石头
始终沉默无言
人们一拨拨地来了
又一群群地走了
但始终没能让它开口说话

杨晓华写家乡的组诗，其中有写江东二十四块石的诗。诗人面对祖先留下的谜，他产生感慨。诗歌越是地缘化，越是个性的显现，更贴近一个人的心灵世界。石块不但是物质的，它更是历史的记录。二十四块石被丢弃城市的角落里，时代发生根本性的变化，场景也随着不断地变换。牡丹江日夜流淌，千百年从不停止脚步，诗人从内心发出疑问，蕴藏历史的石头，你开口说一句话，你是渤海国东迁的驿站，还是什么呢？最后诗人以"诗"的角度回答，这不是凡物，是神布下的一盘棋局。读到这里，无奈之中的诗人，积满苍凉的心中，禁不住发出响亮的回答。一盘仙局，每个棋子都是一个命运，这就是神的力量。

遗址处现存二十三块大石头，据清代文献记载，远在一百多年前，人们在地表上见到的就是二十三块，民间传说，那块丢失的石头是被大风刮走了。石质均为玄武岩，石块分三行，南北排列。每行，北列长 10.15 米，八块；中列长 9.90 米，七块；南列长 10.53 米，八块。南北宽度：东端为 7.85 米，西端为 7.70 米，石块间距 0.5 米左右，行距为 3 米，石块顶面较为平整，直径大约为 0.8 米，每块石头都有明显人工打磨、加工痕迹。地表以下 0.5 米为夯土层，再往下为 0.9 米厚的碎石夯筑基础，遗址内散布着大量灰色和红色的布纹瓦片，筒瓦残片、滴水等。江东二十四块石，向西南离渤海时期的六顶山古墓群仅 6 公里，和敖东城遗址隔江相望，

围起的江东二十四块石

排列整齐的石头

刘忠义（左一）和刘野（右一）在六顶山向专家介绍渤海古墓群

牡丹江铁道线路，拍摄时间 1938 年前后

布库里雍顺塑像

三十年代，牡丹江上的桥

> 仅距1公里。从采集的板瓦、筒瓦残片来看，与六顶山古墓群和敖东城的同类物相同，应当属同一时期的遗迹。而且大量的板瓦片，筒瓦残片、滴水等可证明遗迹上应有瓦顶覆盖，当为亭台式的建筑物。[①]

王吉宁的文字地图，记录石的大小排列情况。我去江东二十四块石，正好是下午，它排列有序，我围遗址转了一圈，扶在钢筋花纹栏杆，观望栏内的石块。我的头卡在花纹栏杆中间，眼睛盯在一块块石上。镜头比我强大，它可以伸入栏内，避开眼前的障碍，从不同的角度全方位地观望。我们默默地对视，我很想走进去，摩挲沉重的石块，身体的温度浸在石上的时候，多了深刻的记忆。蓝色的标牌上，印有八个白色的大字，“重点文物，严禁攀爬”。花纹栏杆下的水泥基础上，有一排黑笔写上去的办证电话号码，野草顽强地生长出，一副病态萎靡的样子。栏内的石块下是绿色的草，衬托二十三块石。二十四块石的右侧是公路，往来的汽车奔跑过后，留下的废气落在石上，左侧是建筑工地，一辆载重卡车停在那里，耸立的一座座塔吊，在空中伸出长臂。一辆拉沙子的载重卡车迎面开来，我慌忙躲向一边。夹在中间的二十四块石，日夜在噪声中度过，还要忍受污染的侵袭。有一天这些石块是不是被氧化掉，或者为了开发商的利益，搬迁到别的地方，或者干脆被毁灭。二十四块石不仅是被史学家们猜测的谜，而且变成真正的传说。我在拥挤的公路边，望着一排排拔地而起的高楼，一辆辆奔驰的汽车，带着历史密码的石块，显得无奈和绝望。

三

2012年11月6日，丽娟又要回东北，看着她手中拿的车票真是羡慕。

---

① 王吉宁著：《重重迷雾中的痕迹——江东二十四石》，延边新闻网，2011年5月9日。

我也想踏上旅途，走在回家乡的路上，那种感觉不是语言能表达出来的。看她整理行装，仿佛整理日子，整理情感，行囊容不下思乡之情。

我喜欢一个人的旅途，坐在窗前，观望窗外的景色。火车上一切是陌生的，陌生的人，陌生的口音。暂短的途中，人仿佛逃出笼子的鸟儿，自由和快乐。旅途中的人，冷静地察看身边发生的事情，什么事和自己无关，只有车票的时间和终点站，是你所关心的地方。自从发明蒸汽机，有了火车，人类进步的同时，也失去美好的浪漫。火车未出现之前，有大片的原始森林，旅行者观看美丽的景色，经受大自然的陶冶。长长的旅途，在颠簸的马车中，思念是一杯浓烈的酒。那时的家书“抵万金”，折柳离别，有了“生死”情绪的弥漫。现在读老事情，将它们概括为“诗性的浪漫”，其中的情丝无法说清。

旅途中人不必要为烦事闹心，脑子里一片空白，很多的事情想不起来。我喜欢老式的蒸汽机头，激情饱满地鸣叫，告诉旅途的开始和结束。我是怀旧的人，有时怀疑自己，是不是衰老的迹象呢？

一个人在家，床的一侧铺满资料，时间不分白昼。有一天，我被身下的东西硌醒，伸手一摸，竟然是一本书和铅笔。我想进入睡眠里，翻来覆去地在黑暗中不知是几点钟了，我点开灯，瞅了一眼小闹钟上的时间，凌晨四点钟。我索性读起书，二十四块石从遥远的地方飞来，《历史风采录》，书中写道：

沿牡丹江南行十公里，在吉林省敦化市境内竟有四处二十四块石，它们分布在敦化郊区、腰甸子、官地、海青房，全由三排二十四块石头组成；连石块的材质、形状也与湾沟二十四块石相似，只不过如今石头数量不一。据说，这样相似的六处石阵，让我们的考古专家们惊呆了——何其相似乃尔，又何以在不到二十公里的方圆之内有六处之多！难为史学工作者们了——东北古代的文献中，全没有二十四块石的记载。一切事物都是有联系的，只有这种联系才会为事物本质的探索与研究提供条件。当专家们把湾沟的二十四块石与百里之外的重要历史遗迹——唐代东北靺鞨人地方政权渤海国的王都上京龙泉府遗址连在一起去思考，变茅塞顿开了。上京龙泉府遗址出土的建筑物所用石材与石质文物，包括著名的石灯幢、大石佛、宫殿基础，全是镜泊湖的火山溶岩——玄武岩，与二十四块石惊人的相似。从湾沟二十四块石到吉林省敦化的四处二十四块石，大体都摆布在牡丹东岸，恰恰是在从上京龙泉府到渤海国第一个王都即被称之为旧国的敖东城之间。也就是说，这六处石阵正是摆放姑两座王都之间的道路上，这应是一条古代驿道。由此可以破解二十四块石的第一个谜：它们是渤海国时摆布的，是渤海国官府所布。渤海国于公元 926 年被契丹族的辽王朝所灭，距今已 1180 年。二十四块石的年龄最少也应有 1200 年，可谓年代久远，是东北地区古老的历史遗存了。[①]

在敦化短暂的几天中，我拜谒清祖祠、东牟山、哈尔巴岭和二十四块石。对于二十四块石至今史学界说法不一，争论不休，纷纷拿出自己的证据。我是写作者，对历史存下的石块，感受历史的苍凉，从情感的角度来说，更偏重于驿道这个说法。因为历史上敦化不仅地理位置特殊，深厚的人文环境，又是满族发祥地。古时通信不发达，两地间的距离遥远，交通变得格外重要，加急的官府文件，必须通过驿道传递。牡丹江在历史上是极其重要的大水，养育两岸的人民，发生很多的事件和它有牵连。

2012 年 9 月 22 日，我来到敦化，看到流淌的牡丹江，书中读过的无数次的江水变得温顺，少了山中的野性。满族的先祖在这一带繁衍生息。古时的牡丹江两岸，森林茂密，原始森林遮天蔽日，山林里是动物的天地，鹿、

---

① 黄强、张克著：《历史风采录》，第 102—103 页，哈尔滨：黑龙江人民出版社，2011 年版。

羊、野猪、土豹子、狼等，各种兽群适者为存，全凭生存的本能。东北虎主要分布长白山区，栖居于森林、灌木和野草丛生的地带。东北虎感官敏锐，生性凶猛，行动迅捷，喜欢游泳和爬树，捕食哺乳动物，也食小型哺乳动物和鸟。这一带水源丰富，江河密集，水深多湍急，向下游流去。牡丹江是松花江中游的最大支流，流经敦化市的大部地区，然后经黑龙江省宁安、牡丹江、海林、林口、依兰，在依兰县注入松花江，流域面积37444平方公里，全程725公里之多。

二十四块石与牡丹江相依相存，水和石是神赐给人类的宝物，水是石的回忆和梦想，石是水的回忆和思念，它们使大地有了灵气，有了历史的厚重。二十四块石是一个谜，也是东北地区古老的历史。

《历史风采录》的作者，是多年工作在文史一线的学者，大量的田野工作，使他们对这一流域有深厚的感情，这是“牡丹江地域文化丛书”中的一本。我借助灯光，沉在唐代渤海国，在二十四块石的谜团中寻求新的解理，雪莉·艾利斯在她的关于非虚构写作中说：

> 时间是短暂的，它转瞬即逝；时间是缓慢的，它凝结不动；时间在我的身前身后无限地延伸开来。我们被卷进时间的网里，以至于某一个瞬间就能将我们的命运牢牢地拴在一起。某一个小时的记忆可能会一直萦绕在我们的心头，某一个夜晚的回忆可能令人痴迷。①

窗子透出淡淡的光明，新一天开始，牡丹江从长夜中醒来，二十四块石接受阳光的摩挲。

我在遥远的黄河岸边，回忆起那个下午，江东二十四块石前的情景。

---

① ［美］雪莉·艾利斯著：《开始写吧！》，第117页，北京：中国人民大学出版社，2011年版。

龙井的传说

小白龙朝海兰江方向飞去，留下一口深井，井壁由彩色的石块相砌而成，从此以后，它吸引移民来附近居住，乡亲们将井名定为“龙井”。故事的主人公郑俊和白衣姑娘，也就是小白龙，结成恩爱夫妻，并在井旁盖房子，为乡亲们日夜守护“龙井”。他们的故事世代相传，是一种美的化身，为了纪念他们在井旁栽种一株柳树。

二十多岁时，觉得民间传说是儿童读物，人过中年了，对它越来越感兴趣。每一个民间传说，不是凭空捏造的，它和大地密切地连在一起，是人文历史中切割不掉的一部分。

2011 年 9 月，我回到龙井吃完中午饭，二叔陪我又一次来到“龙井”的井旁，柳树垂下的阴地遮住阳光，有人为了祈福，还在树身缠上红布条。碑石上刻着“龙井地名起源之井泉”的大字，龙井是朝汉满杂居的地方，作为满族发祥地，被清朝廷列为封禁围场，达二百多年之久。它的地理位置在吉林的南部，所以叫这个地方是“南荒围场”。十八世纪中叶，朝鲜贫民越过边境线，跨过海兰江，偷偷地开垦这片土地，太阳出来的时候，他们越境种地，背着落日再回到家中。1881年，清政府废除围场封禁令后，朝鲜北部的朝鲜族，以及关内的山东、河北的农民大批涌入，在龙井这一带开垦荒地，找到有水源的地方，盖房子落户，相继形成村落，出现集市的贸易，人们相互交往，荒野中踩出一条条路。越来越多的外来人口，改变这一区域的原始格局，各民族间的交往，文化上的融合，形成新的文化背景。艰苦的生活中，人们充满对自然的崇拜，对美好生活的向往，龙井的传说在这样的环境中产生。

很久以前因为缺少水源，人们喝水困难，这里只有十几户人家。郑俊是屯子里勤劳的小伙子，还会吹一手好听的笛子，村子里的人都喜欢他。笛子是祖辈传下来的，他常去海兰江边，伴着清爽的风，吹自己心爱的曲子。水面上飘荡笛声，优美的曲调中，水鸟舒展翅膀，发出快乐的鸣叫。

海兰江的春天，柳树的枝条上，冒出茸嘟嘟的“毛毛狗”，过不了多久，嫩绿的芽苞里拱出柳叶，大地上钻出来荠荠菜、小根蒜、婆婆丁、柳蒿芽。这个季节人的心情特别好，有一天郑俊吹累了，躺在大青石上睡着了，梦中穿白衣的姑娘，驾着一朵云翩然而至，来到他的身边。她一脸笑容地说：“你的笛声真好听，你想给村子里找一口井，让乡亲们好安心地生活？在你干活的地方，石堆下面有一股清泉。”郑俊突然醒了，落日的霞光撒满身上，姑娘的话在耳边，他向石堆跑去。黄昏中围绕一堆堆的石头找，直到夜色升起，也无什么东西。梦毕竟是梦，不是真实的事情，郑俊失落地回到家中。很多天过去了，郑俊心中有事，放不下这个念头，他又一次来到姑娘指引的地方，一块块地搬移石头。远处乡亲们走在小路上，冒着毒辣的烈日，不辞辛苦，头顶着水罐去海兰江边取水，情急中耳边响起梦中的声音，指点他井的位置。郑俊奔向大青石用力地移动，泥土气息直往鼻孔里钻。水流的清脆声，在大地的深处响起，郑俊找了一根野艾，不费多大力捅下去，清凉的泉水喷出很高，郑俊找到泉水，传遍村子里。

传说有着原始的美好，它如同柳树一样，在人们的心中扎下根，一代代地讲述这个“瞎话”。柳树一天天长大了，它守护井水，神泉涨出的水，养育一代代人。柳树艰难地活下来了，到了今天还是绿荫匝地，龙井是一本活着的历史，在水的年轮中，读出世间的沧桑。九十年代，作家杨帆回到龙井，他在三中当过老师，后来离开龙井县，他在一段文字中写道：

> 当我信步走到一个“丁”字街头，猛见街角处有一座街心小花园，一棵蓊郁古老的大柳树下，有半个篮球场大的地面用铁链围着，中间一块4米高的石碑上，刻着“龙井地域起源地”7个大字。这就是当年“龙井”的所在地？记得那时这里有一条狭窄的街道，道旁是两排低矮的草房，房前长着一株挺拔苍劲的垂柳，树下立一块约2米高的石碑，碑上镌刻“龙井地名起源之井泉”，便是那口围着青石井裙的龙井。一次我路过那里，听见几位老人，正兴致勃勃地讲述关于龙井美丽动人的传说。①

杨帆曾经在龙井生活多年，每天从龙门桥上来往，对于这座城市的历史研究过，“文革”之初，“破四旧，立新功”的时候，一群红卫兵将石碑砸碎填入井中，铁锹的挥动中，垃圾和土一同填入井里。有着美丽传说的幸福井，被当做政治运动的牺牲品，丢弃时间的深处。我父亲在离这不远处的县委大院工作，我常去他的办公室玩，有时和他同事的孩子跑出来，到大柳树底下抓“蚂蛉”②。树枝上落着花膀“蚂蛉”，够不着的时候，就捡小石头打。柳树投下一片阴地，跑一阵子累了，我们依靠树身坐下，在地上划棋盘下“五道”，用折断的树枝做棋子，对

① 杨帆著：《蜜蜂集》，第166页，北京：中国工人出版社，1996年版。

② 蚂蛉：指蜻蜓。

龙井起源地

建于1926年的日本总领事馆

方拿土坷垃为棋子。当时根本无什么想法，也不知道屁股下面，坐着的竟是井的源头。后来读《龙井地名志》，书中指出：

> 清初，此地列为南荒围场，1881 年废除禁山围场旧制。龙井镇始以序数得名六道沟。1879 年前后，张仁顺、朴仁彦等朝鲜族垦民迁到此地，在开荒时发现一眼古井。为了便于提水，与附近的汉族一起，在井边安上了吊桶架，朝鲜族叫“龙吊”。从此，将此地又称为“龙井村”。1934 年龙井居民为纪念具有历史意义的这眼古井，在井边修建了一座刻有“龙井地名起源之井泉”的石碑。[①]

围绕这口井，民间中传说的故事，史料记载的龙井的来龙去脉，都有共同的主题，就是渴望生活的幸福。父亲和我唠嗑，讲起过去的事情，说到龙井他有另一番情感。父亲的大好时光在龙井度过，他当时搞宣传工作，背着相机跑遍龙井的山山水水。一说到历史上的六道沟，这个南荒围场，目光中总有特别的东西。我小时在龙井生活，直到 1972 年离开。对于龙井留下并不太深的印象，更多的是通过父亲的回忆讲述，还有阅读资料的帮助。1988 年，我回龙井探亲，二叔陪我到新修好的龙井。看着老柳树旁边竖起的碑石，想起小时玩耍的情景。长白山区的春天清寒袭人，阳光被风吹零乱。井口安静，那条小白龙未从中飞出，也无哗哗的泉水涌动声。

中午在街对面的小饭馆，吃的是朝鲜族风味，一碗条细质韧的荞麦面条，覆几片牛肉、泡菜、苹果片、红红的辣椒，泡着清冷的汤汁。屋子里停止供暖，吃着凉浸的冷面，身上浮出寒意。坐在窗前的餐桌上，能看到龙井新竖的碑，街上来往的人走过，很少有人停下脚步，观望几眼龙井。

2011 年 9 月，在二叔家吃完中午饭，我们爷俩顶着阳光来到龙井井旁。

---

① 臧天和主编：《龙井地名志》，第 7 页，内部资料，1985 年版。

七十年代，作者的父亲去乡村采访

领事馆院内的兵营

柳树的枝叶密实，垂下大片的阴匝地。二十多年后，我和二叔又来到这里看望老井。井边无大的变化，绕着井转了一圈，有说不清的东西在身体里流动，是回忆的疼，还是对历史的思考，自己辨不清楚。

卷二 > > > > > >

历史依然在那里

人的一生在回忆中度过，时常停下奔走的情感，寻找过去的情景。很多事情忘掉得太快，来不及生出时间的锈痕，有的东西蔓延记忆中，燎起漫天的激情。

拿货的跑山人

回味童年的歌谣

"瞎话儿，瞎话儿，讲起来没把儿。"我是跟奶奶学会的歌谣，每次说"瞎话儿"，它是千篇一律的开场白。奶奶会说好多"瞎话儿"，《小罕挖棒槌》《棒槌鸟》《参娃》。奶奶是旗人，她生长在吉林乌拉街上，那里是扈伦四部部落的大本营，1406 年，明永乐四年海西女真族首领纳齐布禄称王建都的。奶奶的家乡，也是我父亲的出生地，奶奶是在满族文化的环境下生活，她讲的故事，是听老人们口头的相传。

我知道人参的事情是从奶奶开始的，大一点的时候，看到父亲酒瓶子中泡的家参，后来有朋友来看父亲，带来"人参蜂王浆"。现在每次回山东滨州时，还是带几棵人参，尽管不是山参。我买了大玻璃瓶子，泡上几棵参，配上五味子、刺五加、鹿茸摆桌子上。“棒棰”的传说，不是凭空想象出来的，它有真实的地理环境，一辈辈地吃山喝山，住在大山里，死后葬大山里，形成独特的文化。读《中国朝鲜族风俗百年》，1909 年生人的廉大焕，家住延吉市长白乡明新一队，他对田野调查的人说：

挖山参是朝鲜族过去维持生计的一种重要手段。廉大焕在奶头山一带居住时，曾多次进山挖采山参，也当过边把头。一般在旧历七月进山，每月的三日、十三日、二十三日忌日，不能进山。其余的日子也要经过占卜选择吉日。进山之后也有忌日。每月的初一和十五两天不能采参，要在棚里休息。进山时要沐浴斋戒，带足口粮，携带锥子、猎刀、马代（译音）等工具。锥子不能用铁锥子，要用狍子犄角。马代是长约 2 米左右的硬木棍，用以寻找人参时拨开草木和敲击树干相互联络。有经验的老手，有时一个人进山，但一般都结成帮伙一同进山，其中最有经验的人被推为“把头”。同一帮伙里的人们进山后住在一个窝棚里，要绝对服从把头的指挥，而且忌讳说淫秽下流的话。

进山后的第一天，挖参之前要先祭慰山神和“老把头”（老虎）。选择一棵便于祭礼的大树，清理树底，铺一张大纸，上面摆放五只酒盅和一锅饭（用小铝锅煮熟了饭之后，连同锅一起摆放）。举行祭祀时，由把头一人跪在地上代表大家祈祷，其余的人默立一旁，把头把酒斟在酒盅里，打开锅盖，插上一双筷子，口称“我们今天特意来禀告山神，望山神多加指点”。而后把酒一盅盅泼洒在地上，借以慰劳五方之神。接着把铺在地上的纸和祭物移到一旁由把头按上述祭祀方法为老把头举行祭祀。[①]

山参俗称为“棒槌”，满语叫“恶而诃打”。长白山区，老百姓对人参有多种称呼，“棒槌”是熟悉的叫法，也有人称“鬼盖”“地精”“长寿花”“神草”。人参在中药中属温性，初夏时开花，花开得很小，掌状复叶，淡黄绿色，花序呈伞壮，单个顶生，果实是红色的扁球形。

一年生的人参，由三片小叶构成，根据叶的形状，人们叫它三花子。二年生的参是由五片小叶组合而成，如人的手形，所以俗称马掌子。三年生的有两个杈，每一杈上有五片叶，人们管它叫二甲子。四年生的长出三个杈被称为灯台子，五年生的四个杈，也称四品（匹）叶。参长到六年，生出五个杈就变得珍贵了，人们称它为五品叶。参生六个掌状复叶的，俗称六品叶，这是很少有人见到的。因为到了六品叶就不长叶了，参中六品叶最珍贵，是宝贝了。朝鲜族和满族人进山的祭拜差不多，但还是有所不同。同一片土地上，同一座山上，民族文化的背景不一样，民俗不可能相同。《吉林满俗研究》一书中对进山的记载和朝鲜族有了不同。朝鲜族是在一棵树下，满族人是在石块搭成的山神庙前插草为香。

进山前，由把头领全帮人拜地头庙（山神庙），庙以几个石块临时简易搭砌而成，多立于进山口外，庙门处立一木牌，上写“山神爷之位”。可插草为香，也可捧土为供饭。把头带领帮人叩头时一般唱道：

山神爷老把头在上，
我们要进山了。
请给指点明路，

① 千寿山执笔：《中国朝鲜族风俗百年》，第559—560页，沈阳：辽宁民族出版社，2008年版。

采参的工具

装工具的布袋

苔藓做的参包

原土中的人参

老采参人张玉明

新挖的棒棰

向导查看网中的哈什蚂

长白山的哈什蚂

让伙计开开眼。

拿大货发大财，

杀鸡宰猪还愿！[①]

从故纸堆里读到的，看不到大地上生长的“棒槌”。“地理，在窗户外，而地理学在人的脑子里”[②] 唐晓峰直言田野调查的重要性，离开大地的真实，什么不存在了。我一直等待机会，走进大山沟里和采山人接触。

2011 年 9 月，回到家乡探亲，在朋友的帮助下，终于等来进山的日子。我住的房间外是一条街道，夜晚车来车往，嘈杂声撞在玻璃上，碰得四处飞溅。躺在床上，回味童年的歌谣，还有关于“棒槌”的“瞎话儿”。每一棵“棒槌”是一个故事，一段极为特殊的经历，思绪纷纷，借着窗外透进的光线，拼凑采参人的样子，似乎听到棒槌鸟的叫声。

栏子垛前竖着三根细长的棍子

“衡门”斗拱下，浅蓝色的木门，因风吹雨淋变得花哨，有的地方露出木质。木障子围成的院落，它是森林浓缩的影子。

陪同我的小李，隔着一道木门，朝院子里大声喊道：“老张来‘且’[③]了。”我控制不住自己，不等里面有回声，已经触到门上了。我推开半扇门，左面与邻居相隔的是一人多高的栏子垛，一条红砖铺路直达门前，右边是一片菜地，几架攀爬的豆角秧，果实被摘净，秋风的拂动下，叶子变得蔫黄，失去夏天的水灵气了。栏子垛前竖着三根细长的棍子，从房门里走出的主人，长得并不高大威武，结实的身体里，藏着男人坚毅的气质。从他的面相看不出是 60 岁的人，眼睛显着自信，白衬衣掖在牛仔裤中，

① 尹郁山编著：《吉林满俗研究》，第 9—10 页，长春：吉林文史出版社，1991 年版。
② 唐晓峰：《人文地理随笔》，第 2 页，北京：生活·读书·新知三联书店，2006 年版。
③ 且：指客人。

脚上穿的是棕色的皮鞋。

我们伸手相握时，有说不清楚的东西，陪同的小李向我介绍说：“这是林场的老职工张玉明，他挖了几十年的‘棒棰’，是这一带有名的跑山人了。”身边三根木棍倚在柈子垛上，我不经意地瞧了一眼，猜测棍子的用处。大山中这样的东西，人们根本瞧不起眼，连做烧柴不愿意用。老跑山人家中的物品，都和山里有关系，每个来到沟里的外人，对任何事物都新鲜，从棍子能看到自然环境复杂的多变性。张玉明琢磨透我的心思，他拿起一根棍子说：“这是进山必备的索拨棍。”索拨棍既是防身的武器，也是吉祥的象征。挖到人参时，随身的索拨棍带回家，挖不到“棒棰”的索拨棍有晦气，下山时必须丢掉，让它在草丛中腐烂，融入泥土里。大森林中野牲口随时可能出现，索拨棍是防身的武器，要不断地“叫棍”，拿拨索棍敲打树干。敲击树干的声音打破林间的寂静，远远地轰跑野牲口。

东北地区的放山人把索拨棍看成神奇的工具，进山前出山后的晚上睡觉前把棍摆放在什么位置上要必须这样做，这是有历史根源的。北方民族往往把棍、棒视为人类起源的“神棒”，是男性的生殖器的崇拜。北方的诸多民族都有竿祭习俗，把竿视为天。而满族先民则把竿视为萨满通往上、中、下三界的梯子。人们对天神有什么要求，就要祭竿，通过竿或树来靠近天界神灵。而竿或棍又是缩小了的树木，索拨棍是最早被视为原始采参的工具之一，并有了祛灾避邪的功能。

晚上索拨棍立于地仓子门前，灾难和鬼神都不来打扰，这是因为有神杆这根自然神具的保佑，在这里挖参用。手持一棍上山采参更有科学意义，可以防蛇和其它小动物；还可以扒拉草寻找人参；上山拄着，又可减轻体力。拄着棍上山已成为一种固定形态。[①]

---

① 曹保明著：《木帮》，第125页，长春：吉林大学出版社，1999年版。

张玉明热情地请我们到屋里一坐，我爽快地答应了。离开东北多年，很想坐在炕上，盘腿唠嗑。炕上干净，炕梢摆放炕琴，里面是叠起的被子。草绿色的五眼鞋摆在一边，这是他跑山时穿的鞋，多年养成的习惯，东西从不乱放，必须恪守做事的规矩。坐在炕沿上，从这里望着院子里的情景，天空有鸟儿疾飞而过，想起奶奶讲的“瞎话儿”，它是传说中的“棒棰”鸟儿，还是传说中的参娃娃。张玉明说话利落，一点不磨叽，他说今年已经60岁，老家是德惠县，这个地方位于吉林省中北部，松辽平原的中部，处在长春、哈尔滨、吉林三大城市重心上。1973年招工，他便离家来到荒沟林场，当了一名拖拉机手，跑山是和他林场的师傅学的，“初把”① 和师傅就碰到人参，在这行当中，一干就是三十多年。在山里不能乱说乱动，有很多忌讳，有很多的风俗，休息起来不能说睡好了，要说“拿货”②； 过河洗手时，不能随口说洗，而是要说“抹煞”③ 。摔跟头不能说摔了，却要说“一墩”④；进山必须戴帽子，要不然秃头不吉祥，意味毫无收获。这些结实的词语，带着山野的气息，在漫长的岁月中，跑山人与跑山人的交流，跑山人与大自然的沟通，形成独特的行话。

朝鲜族跑山人有很多的讲究，他们和满汉的规矩不相同，但要严格地遵守，不能破坏祖辈留下来的章法：

> 卜定吉日后，采参的人家要在大门顶上拉一道禁绳，在大门外堆放一堆黄土，借以禁止不吉祥人的出入，防止邪气的侵袭，采参者们要从进山前5天或6天（须为奇数日）开始，每天都要沐浴斋戒，不能同妻子同房，不能杀生，不能吃四条腿家畜的肉，不能惹怒山神，否则即使进山也不会得到山神的指点。采参者们

---

① 初把：第一次放山的人。

② 拿货：挖到人参。

③ 抹煞：擦一下。

④ 一墩：摔跟头。

> 出发时，如果遇到女性，要说明自己是准备进山采参的人。女性听了这话以后，将会站在一旁等候采参者们从身旁走过。此时把头（采参帮的头目）向女性要一块裙布，女性将会毫不犹豫地从自己的裙子上撕下一块布条交给把头。据说山神还有一种特殊的癖好，十分喜欢妇女们准备洗涤的衣箍。把头携带这种衣物进山后，向山神举行祭祀时把衣物和裙布条挂在树枝上。采参者们进山后，他们的家庭成员们也要遵守各种禁忌，一直到采参者们回来之前，不能把自己家的火种借给他人，在言行举止方面也得格外小心。①

"棒棰"不那么简单，跑山的人找到它是缘分，也是命运。手持索拨棍的跑山人，一眼望到它，就会充满激情地大叫"棒棰"，这一声呼喊，传达出复杂的情感和期待。人和"棒棰"，人和山演绎太多的故事。跑山人大多数时间在山中度过，寻"棒棰"不是过程，而是生命的状态。张玉明说，"棒棰"太神秘了，曾经来了许多的教授研究，对这种神秘说不清。他说有一次他和儿子跑山，碰到"棒棰"，他急忙喊："棒捶。"儿子接应道："几品叶。"在挖过"棒棰"的地方，第二天要祭拜山神，这棵"棒棰"卖了后，父子俩平分"棒棰"的钱。

坐在炕边上，感受炕的热度。在山里奔走几天，回到家中睡热炕上是享受。我是睡火炕长大的，对它有特殊的情感。天寒地冻的冬天，凛冽的风仿佛发情的野兽，号叫地冲撞，窗玻璃被打得叭叭作响。躺在热被窝里，听窗外风雪交加的声音，人踏实地进入梦中。

火炕对于人们来说就是传统的延续，东北人把炕叫"一铺炕"，说明它的大。一家几代人挤炕上生活，欢乐的，痛苦的，新生的，老去的，在舞台一样的炕上演出。炕给人安逸，一种留恋。大雪纷飞的日子里，孩子们不能出去玩，炕是唯一宽敞、随意的地方，围在一起玩"嘎啦哈"，这

---

① 千寿山执笔：《中国朝鲜族风俗百年》，第574页，沈阳：辽宁民族出版社，2008年版。

是满族人传下来的游戏。“嘎啦哈”是满语，是羊腿骨上的一块骨头，有人染上红色讨个吉祥。“嘎啦哈”玩法花样多，翻坑，翻肚，翻立，一把抓，一个人玩，多个人可以一起玩。老人们的生活较单调，老伙计、姐妹们依偎炕头，听收音机的广播，抽烟唠嗑。有一只猫卧在炕头，闭目养神，热炕让它满意，风雪的啸声是它的催眠曲。室外零下三十几度，行人的手不敢伸出去，鼻尖冻得通红，人们急忙赶路，家中烫手的大炕变得可爱。

张玉明说，他是“单棍撮”①，在山上“拿觉”②的时候，找安全的地方，拿树枝搭小棚子，铺一块塑料布，对付一夜就过去了。张玉明一辈子在山里转，现在儿子离开家到和龙工作去了。他不愿意离开大山，听不到林涛声，喝不到山涧的溪水，闻不到野草的清香，重要的是不能“拉背拿货”，对于他就失去意义了。

张玉明的叙述，如同山风一般，我问他最近跑山，“拿货”没有，他爽快地说拿了。我试探地说：“可以看一下吗？”他答应了。

参构成独有的文化环境

东坡晚年历经磨难，命途多舛。他从被贬斥的儋州北归回到常州后，酷暑天里突发急病，急泻不止，病情不断加重恶化。可自以为精通医术的东坡，自病自诊，却有失误。照吃照喝，不以为是。病情加剧后仍不问郎中，自己按图索骥，照方抓药，错误地选用了人参、茯苓、黄芪等温补补药，虽是对症下药之举，但除“麦门冬”系清凉药外，“人参”、“茯苓”却是温药，可能为了补气而一并服用，而不以清热解暑之剂来医此热毒之症，应

① 单棍撮：一个人放山。

② 拿觉：睡觉休息。

先治“热毒”再作补气，“药不对病，以致伤生”，结果很快就丢了命。这怎么能说东坡先生不是被补药所耽误了呢？怎么能说不是东坡先生自己的过错呢？[①]

网上读王伟的文章，绝未想到大诗人苏东坡病死还和人参有关系。山野之草储藏那么大的力量，能挽救生命，也能结束一条生命。从历史上到今天，人们为参发生多少故事。

张玉明搬出跑山的工具，铺上一块红布，上面摆上剪刀、鹿骨锥、刀子、手锯，还有一团尼龙绳。张玉明向我介绍工具的用处，搬来剪草根的剪刀，抠参的鹿骨锥。遇到拦路的树枝，刀子就有用处，再粗的使手锯切割。那把手锯锋利的锯齿，有着男人的性格，曾经割断拦路的枝蔓，林子里杀出一条路。木柄手上留下跑山人的气息，他在林中迷路时，它会带来希望。不起眼的工具，在山里起着大作用，少了一件就是麻烦的事情。“单撮棍”时，身边无人帮助，莽莽的林中喊天天不应，喊地地不答，工具是最好的助手。每只工具拴一条红布，图个吉祥“愉当”[②]，大林子里，红色远远地能看到，不会迷失方位。我上午在守山人陪同下，沿着季节线上进入七号沟，我认识野胡椒、野芝麻、牛蒡、紫杉、赤柏松、红豆杉的果实，仿佛微型的算盘珠。他持拨罗棍在草丛中拨来拨去，有时敲击树干。走进密林不远处，他就建议不往里走了，这里是长白山脉的老爷岭，是真正的原始森林，这几年出现野猪群和黑瞎子，还有东北虎出没。林中有法则，有着自己解决问题的章程，在山中走不出的时候，自有解决的办法：

林海觅参，十分艰难，往往因迷路而“妈达山”（是指放山人在山里迷路。）。解决办法如下：一是就是打火堆不走，待分

① 王伟著：《救人无数的苏东坡竟死于给自己吃错了药？》，人民网强国博客，2010年12月6日。

② 愉当：一切顺利和吉利的意思。

辨下山路后再走；二是祈祷山神爷，将香点燃，哪一方向火燃得快，就选择哪个方向下山；三是用飘手绢法，即将手绢四角折起扔向天空，看哪一角先散开就从哪一方向下山；四是以树皮阴阳辨向，阳为南、阴为北；五是观察近处山泉流水，由高向低；六是听乌鸦啼叫，断定是否有人家等。[1]

森林养育人，构成独特的文化环境，这是一代代人传下来的。奶奶童年给我打下的“棒槌”情结，至今我还在寻找。“瞎话儿”是在一种文化背景下产生，而不是想象的产物。

我请张玉明穿上进山的服装，一件迷彩服，一顶红帽子，上面印一行“延边青年旅行社”的字样。他站在老伙计旁边，眼中露出渴望，山林给人太多的向往。张玉明从屋中捧出“棒槌”包，放在红布上，打开露出的黑腐殖土。土的油性特别大，仿佛挤出的油一般。拂开泥土，一棵“棒槌”躺在泥土中，漂亮的“本根”[2]，纤细曲弯的须子，这是一棵近百年生的五品叶。“抬参”[3]时将原土带回来，是对“棒槌”的爱护，也是敬畏。

他的手触到泥土中，泥土味在眼前升起，此时跑山人多了几分柔情。“棒槌”是一支燃烧的火，当跑山人的目光，一触碰到叶片上，激情被燃烧起来，他的手被烫了似的。“棒槌”躺卧泥土中，青苔如同一层保鲜膜，保存泥土的原始气息。“棒槌”在安全的环境中，仿佛未离开山中的家，我蹲在一边，注视泥土中的参，想起把头领伙伴们叩拜山神时唱的歌谣：

多谢山神爷保佑，
我们放山开了眼，
砍了一个好“兆头”，

---

① 尹郁山编著：《吉林满俗研究》，第 11 页，长春：吉林文史出版社，1991 年版。
② 本根：是指参的主要部位。
③ 抬参：挖参的过程。

还给兆头洗了脸。①

张玉明得到好兆头，第二天，摆上供品祭拜，唱起古老的歌谣。他就是在我上午去的七号沟进山，老爷岭上挖的“棒槌”。

穿过“衡门”斗拱下的门，走出跑山老人张玉明的院子。门前的土路向远处伸去，这是进山的路，也是老跑山人往返的地方。天空那么的蓝，白云浮在上面，张玉明客气地送我们走出大门，他站在门口，双手搭在小腹上，给人一种安全和真诚的感觉。

我不必为张玉明拍照了，他和“棒槌”留在记忆中了。我转身的时候，有说不清的滋味。

① 尹郁山编著：《吉林满俗研究》，第 10 页，长春：吉林文史出版社，1991 年版。

美人松：长白山第一松

对于长白山的印象，不是高耸的山冈和原始森林，而是清冷的水。我是下午到的二道白河，小镇无特殊的地方，但镇小名气大，上长白山必须经过这里。在旅游季节，豪华大巴载来一车车游人，一到黄昏变得热闹。游山归来的人，兴奋仍然不减，走出宾馆逛一逛小镇，买些土特产和纪念品，回去送一送朋友，走进美食街，吃一顿风味小吃。

我住的信达宾馆，窗口正对美人松公园。这是我第一次见美人松，过去是从电视、画册上看到的，从文字介绍上了解美人松。传说是哪个年代流传无法考证了，那是很久以前的事了。有一个黑风妖，在白河这块宝地上横行霸道，百姓无不受到他的蹂躏，天上飞的鸟，地上跑的兽都横遭灾殃。长白山山神的女儿绿珠姑娘为了一方太平，拯救出受难的众生，勇敢地挺身而出。她手中的寒冰剑，剑尖滚动一朵朵冷花，她与黑风妖相遇，二话不说挥剑刺向恶魔。天地间风声骤起，卷得山摇地动，雷声大作，闪电撞向山峰，发出金属的碎裂声。一团白光如同巨浪，围绕黑风流动。这一搏杀历经几天几夜，绿珠姑娘的寒冰剑，一次次地刺向黑风妖，她也被抓破五个洞，流出一股股的血。血滴落土地上，很快化成一棵棵树，人们从此叫它美人松。

黑风妖被制服，囚困长白山的绝壁下，纵使他有三头六臂，也逃不出天然的洞穴。从此以后，绿珠姑娘为美人松精心梳理，浇喷山涧的清水。美人松一天天长大，它和绿珠姑娘呵护这片土地，保护善良人们的幸福。

五月初的长白山区，气温还不那么高，风吹身上干冷，我打开窗子，不想让玻璃阻碍观赏美人松的视线，清爽的风流了进来。美人松挺拔的树干，枝桠横展，针叶翠绿，它举一把伞，纤细的腰身，单薄的身材，很难相信大山中，出落这么美丽的树。

在洗手间打开水笼头，洗去旅途上的疲惫，水激得浑身一抖，骨结仿佛开裂，人似乎回到寒冷的冬日。长白山的水洗掉灰尘，也洗得精神饱满，急切地想认识小镇。小时候很羡慕大人们，从长白山游玩，带回有蜂窝眼的石头，石头是由火山爆发造成的，人们大多用它搓脚。我对这样的石头好奇，那时的愿望是长大了，去长白山背一堆回来。

小镇满、汉、朝、蒙杂居，从建筑上分辨不出民族特色，它与普通的城镇一样。街头上的三轮摩托车，甲壳虫似的跑来跑去，拉着零星的旅游散客，为他们寻找宾馆。镇上的人们神情淳厚，衣着朴素，走在街上有一种亲近感。我走进镇上最大的商场，商品摆设得乱糟糟的，楼上楼下看个遍，服装大多是中低档品，也设高档品牌专柜，纪念品和各处旅游景点出售得差不多，无新鲜的东西。我想带一点土特产的愿望破灭，走出商场看着不被污染的天空，倒有了安慰。

长白山自然博物馆是我最想去的地方，一座普通的建筑，并无华丽的装饰，也不是传统建筑的雍容富贵。它与远处的山冈相比，仿佛丢弃大地上的木块。很难相信不起眼的建筑物容下一山山色，我有失落感，

长白山瀑布

长白山天池

岳桦林带

这不是想象中的博物馆。

走进博物馆是在下午，空荡的大厅，响起我的脚步声。我想请一位导游，帮助了解长白山的人文历史。展厅里的一块石头，一株老树，一只飞禽，一头走兽，弥漫山野的气息。它们经过大自然的磨砺，是天地造化的神灵，我又不想让声音破坏。大自然是要用生命感悟，不是格言式的解说词解释清楚的。我看着手中的门票，设计者随心所欲地在电脑上做一下，放上一张展厅的图片，票的背面是英、汉两种文字的简介。

射灯发出蓝幽幽的光线，渲染环境的险恶，风雨的痕迹荡然无存，玻璃柜里的老虎标本依然凶猛无比。一株美人松前，一只爪子踩踏岩石，张大嘴巴，露出尖锐的牙齿。它一双野性的眼睛，警惕地搜寻猎物，我仿佛听到撕裂空气的啸叫。黑熊，东北人叫它“黑瞎子”、“狗驼子”这种叫法亲近，更形象，黑熊站立起身子，爪子在空中舞动，暴露出白色的胸毛。憨厚的形态，滑稽的举动，我觉得像东北“二人转”中的丑角，合乎人们送它的外号。小时候，听过许多“熊瞎子”的故事，一个人独自行走山路上，遇到身后有爪子搭在肩头时千万不要回头，想办法摆脱黑熊。不能顶风要顺风跑，那样风吹落的毛碍事，使它不能尽快地追上。真碰上黑熊也不是没有死里逃生的希望，不能硬碰硬，大声呼喊救命，马上倒地装死。黑熊喜欢游戏，折腾一阵子，感到无意思会自己离开的，这样的常识东北老少皆知。那时的大自然，还不像今天这样遭到破坏，大量地砍伐林木，涌现旅游的人流，人们过着朴素的生活，人、自然、动物和谐相处，发生很多的事情。

第一次近距离地观察鸟类，我感到亲切和温馨。我认识了大山雀、大杜鹃、交嘴雀、苍鹭、翠鸟、短翅树莺……这么多的鸟儿我从未听说过。它们的神态各异，大小不同，却都有大自然赋予的好嗓子，它们饮清泉喝露珠，风声、雨声、溪水声是它们的伴唱，在长白山的大舞台，上演一出出撼人心弦的歌舞剧。它们的嗓子未经过人为地驯化，祖先就是这样传下来了。它们的歌唱中有童话般的梦想，羽翼舒展自如，搏击风雨，触摸金色的阳光，穿越高耸的长白山，抵抗住冰雪严寒，不肯远离自己的故乡。

在展厅里感受不到暴风雨的侵袭，目睹不了春天万物的苏醒，夏日花繁叶茂，雨后天际悬挂的彩虹。鸟儿展翅不能飞翔，目光中流露出对自由、山野的憧憬，漂亮的翅膀向往天空。

长白山是我梦想中最美的山，不仅它覆盖的积雪，神秘的传说，秀丽的美人松，红松阔叶林带、岳桦林带和高山苔原带，它们使长白山有了情感，有了诗意的生命。一座山不在于多么高大，而在于它的灵性。原始的生态和自然资源的丰富，发源于长白山的图们江、鸭绿江、松花江，像三只虎盘踞东北的大地上。一条江河对土地的滋养是多么的重要，三条河使黑土地生出男人之气。江水哺养土地，这座山养育强大的民族——满族。以水族、地理、动物命名的满语地名，在土地上到处可见，乌拉、汪清、珲春、和龙、安图、敦化、通化、延吉、舒兰……古老的文化，融入每一寸土地里，博物馆是山的缩写，它不可能装下历史和人文的精神。

强烈、冲动、兴奋、激动一连串逼人的词语，无法燃起一堆情感的火。博物馆像一个小码头，连接远处的长白山，我渴望读懂山的语言，溪水的浪漫，野草的顽强，动物的勇敢。岁月的尘埃，掩藏先人的足迹，我用敬畏之情为他拂去浮尘，让阳光照去阴湿的气味。大自然塑造的青石雕像，充满神的韵味，横倒的树木爬上苔藓，走在这样的山上，人少了杂念和私欲。

走出长白山自然博物馆，天色有些暗淡，我将保存好手中的门票，这是我终生难忘的纪念。

晚饭不是在宾馆吃，朋友为了我体验生活，请我到一家民族风味的地方去。这是一条美食街，街两旁是一家家酒店，街道飘着烤羊肉串的香味。我们选择一家朝鲜族的饭馆，门面无明显的标志，推门进去就有了变化，音乐是朝鲜族的传统歌谣《阿里郎》，房间里是一铺铺炕，门是带滑槽的拉门，进门要脱鞋。一张方桌摆好，我和朋友围坐在方桌前，盘腿坐在炕上，很多年没有这样了，腿僵硬得特别扭。菜很快地上来了，石头锅热气腾腾，炖的是水豆腐和明太鱼，漂着辣椒油；一盘是酱牛肉和几盘朝鲜族小菜，汤饭吃得浑身冒汗，晚餐伴着《阿里郎》的音乐。

美人松

长白山图（据《盛京通志》）

长白山的夜晚安静，宾馆的客人很少，有几个旅游团的人早早地入睡，储养精神，等待登山的时刻。我在台灯下，翻阅《长白山旅游辞典》，看到一幅美人松的照片，想明天的活动，通过少得可怜的文字，寻访长白山的文化背景。

第二天，天气不太好，走出不多远的地方，突然如同孩子似的变脸。我们无法登山，这样大的风能吹跑人。无奈在热泉边上，买几个煮熟的鸡蛋吃，改变行程的线路，到地下森林游览。

有一条小路通往林中，原始森林像一座教堂，我走进去，推开笨重的木门。高耸的树冠犹如教堂的拱顶，树皮的疤痕，经过大自然的触摸有了灵性。我站在林中，仿佛皈依的教徒，身上尘世的俗气抖落得一干二净。

这儿是森林，静得能听清心跳似的。长白山的春天还有冬的痕迹，阳光穿不透茂密的林木，地上残留的积雪，表层是硬壳，下面已经松软。林间幼小的松树，树叶变得翠绿，如同一盏绿灯笼，发出温暖的光芒。森林上的天空蔚蓝，空气清爽，林间看不出阴暗，感受不到压抑。每一株树像老朋友，叙说离别后的日子，深情地注视对方。森林中的树木更具个性，体现淳朴、坚毅、宽厚、勇敢。长白山地理环境独特，需要豪放的性格，随时应付突变的天气。漫长的冬天，冰天雪地，暴风雪像家常便饭说来就来，为了生存下去，每一株树都要和睦相处，共同抗击狂风挟雪的侵袭。如果山是一本翻开的乐谱本，那么森林是五线谱，溪水是跳动的音符，飞鸟是抒情的歌手。

林间倒卧一棵美人松，干枯的枝蔓，如同孤独的灵魂，表现曾经有过的辉煌的日子。从树的粗细看，这株树至少有百年树龄，如今脱离大地，树身上的树皮在时间的熬磨中剥落，只是根的一侧挨在地面爬满苔藓。

美人松是漂亮的诗人，在清晨，在黄昏，朗诵精美的诗句，歌颂四季的美好。长白山给它泉涌的才思，大地孕育纯粹的精神。在这里少了浮躁的、贫血的语言，每一句话被露珠浸润，诗人用松枝做笔，蘸着溪水酿出的墨水，写不出矫情的文字。诗人毕竟有衰老的一天，在莽莽的山野带着微笑倒下，每一个游人从它的身旁走过，感受是不会一样的。

我回味一种滋味，从不同的角度拍下一组照片，记录风雨苍茫中的美人松，这是留给后来岁月的阅读。

北方的泥火盆

老爷子一定很高兴，听到什么有趣的事了，他盘腿坐炕上，嘴里叼着短烟袋，支起耳朵听。老太太得意地举起长杆烟袋，她唠的“瞎话”逗乐老爷子。泥火盆的铁筷子上烤的土豆散发出香味，老太太怀中的孙女被飘来的香气吸引住了，情不自禁地伸出手，想去抓烤熟的土豆，东北的民间流传一首歌谣：

老太太，小媳妇儿，
一个一个有福人儿；
不做饭，不淘米儿，
坐在炕上烤火盆。

“火盆土炕烤爷太”的木刻图，我是从网上看到的，生动地反映东北地区的民俗文化。如今很少碰到泥火盆了，只有交通不便利的山区和乡村，还能遇见泥火盆之类的祖宗留传下来的器具。泥火盆不值几个钱，到了天寒地冻，大雪封山的时候，扛不住寒冷的威逼，人们想起泥火盆的好处来了。东北的冬天，屋檐下垂挂的冰凌，如同一排白色的琴键，西伯利亚的寒流撒出冰冷的网，贪婪地捕捉，不放过每一个地方。鸟儿不叫了，看不到天空的晴爽，吸一口寒风能冻住嗓子。长长的冬天，人们称之为猫冬，菜窖里贮藏白菜和土豆，缸中腌满咸菜，仓房堆积大量的燃料。老人们常说：“腊七腊八，冻掉下巴”。坐在烫屁股的土炕上，围着泥火盆说长道短，让人感到温暖。一铺大炕有了泥火盆，多了一份温馨，老人拿火筷子，夹一块炭火点烟在盆边咯烟灰。顶着风雪来串门的客人，被热情地让到炕头，拉过烟笸箩装一袋烟，吧嗒吧嗒地抽，接着是闲唠嗑。孩子在冰天雪地里拉爬犁，打雪仗，常常弄湿鞋，回到家中，脱下来放泥火盆上烤。火盆摆在炕上，使家人热烈起来，火盆边抽烟，火盆里焖土豆，炖上一锅酸菜粉条，再烫一壶酒，度过漫长的冬日。人生的许多欢乐和痛苦发生火盆前，炭火变成白色的灰烬，人也一天天地干瘪下去。

泥火盆的材料来源于大地，泥土经过匠人的抚摸，情感融入进去。朋友孙敏送给我一本《珲春满族》，其中有一节，写泥火盆的制作过程，介绍泥火盆的民俗。满语中盆叫“风色”，火叫“吐瓦”木炭叫“梅牙哈”。这几个词排列起来就是盆中的炭火，读完这本书，对于泥火盆有了深刻的了解。一道道工序凭手的掌握，不会有多余的动作，劳作中人不仅是造器具，而是快乐地享受。他的手艺是祖辈流传下来的，对大地的敬畏，使他丢弃了一切杂念。

2009年的春节，夜晚的户外，寒风一阵阵地逼人，鞭炮声撕裂夜空凝固的冰冷，暖气带来春天般的暖意。客厅的圆桌前，家人围坐一起聊天，七十多岁的父亲，给我们讲述他小时过年的情景，谈到满族的人事物事，回忆让父亲变得年轻了。他谈到火盆时，语言复活过去的岁月，满族烤老太爷的习俗，我看过这方面的资料，但烤肚皮和烤脊梁，却是第一次听说。父亲拿过一张A4的打印纸，用圆珠笔画了一幅记忆中的火盆。父亲回忆地说道，过去大户人家的火盆是铸铁的，有宽宽的檐边。满族人和大自然紧密相连，他们对自然的崇拜，生活中到处可见。火盆刻上一条鱼，一朵花，一株草，旁边还有一双铁筷子用来夹炭火。冬天的北方，夜长梦多，老太爷守了一天的火盆，烤肚皮和脊梁仿佛是一种仪式。老太爷扒掉内衣，披着对襟棉袄，前倾身子，端平两条胳膊，做搂抱火盆的姿势。先烤肚皮，皮肤烤得鼓皮一样，似乎敲上去，能发出咚咚的响声。烤完前面，再烤后脊梁，一阵痛快地烤，一天过去了，老太爷感觉火候到了，钻进炕头的被窝里，枕着舒坦进入睡梦中去了。

童年的时候，早晨睁开眼睛，火盆上坐的小铝锅冒出热气，这是太姥姥熬得肉丝大米粥。

太姥姥每天做完饭，总要烧火盆，火盆是搪瓷脱落的旧盆。太姥姥家烧的是木柈子，烧透时扒火放到盆中，这样屋子里可以增高温度，又能烧核桃和土豆。

太姥姥从未穿过新衣裳，印象中的她是老一件。斜襟盘扭襻的中式衣服，发髻插一根铜簪。太姥姥的新衣服穿不久就掉色，她为了省钱，从不买染好的布料。去供销社买便宜的“白花旗”，回到家中后，在门口垫几块石头，支一口大铁锅倒上水，将“白花旗”浸泡进去，放上袋装的青黛，架上木柈子熬，然后拿棍子不断地搅动。染好的布纹中浸满浮色，太姥姥端着它，到下坎的“河套”漂洗。布一丢进清澈的溪水中，水立刻变色向下游流去，太姥姥的手指也被染上色了。

房子里的温度升高，窗子上的霜花融化，一缕阳光投映在炕上。冬天的阳光，仿佛一朵流动的花，烘托生活的气氛。早饭后感到没有意思，只有我和太姥姥，有时她拿土豆埋在炭火下，我等吃土豆时，闲得无聊从太姥姥的烟匣子里，拣出烟丝扔火上，看它燃烧的过程，嗅着飘出的烟味。有时拿火柴头，摁在热火盆上，吱的一声，火柴燃烧起来，冒出一团火焰。

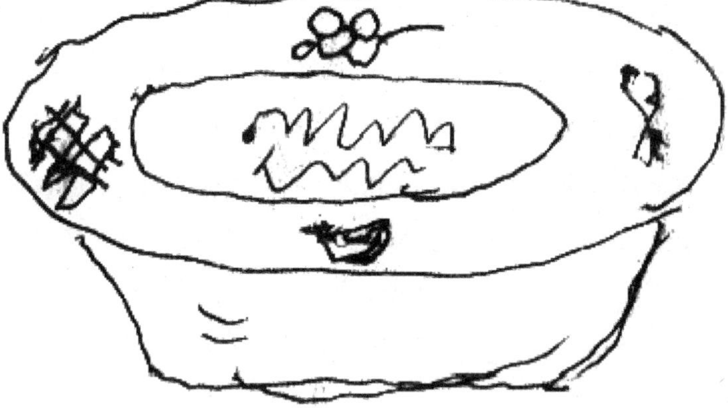

作者的父亲随手画的烤火盆

满族百年老屋

满族炕琴

烧好的土豆沾满炭灰，土豆皮烧得烫手，太姥姥干枯的两只手，不时地颠来颠去，还不时地鼓腮吹拂，剥皮的土豆，漫散的香气和炒土豆丝的味道不同。

我喜欢太姥姥烧的核桃，山核桃皮硬，必须拿锤子敲，皮碎了不说，里面的仁也破坏了。熟核桃裂开嘴，刀子顺缝隙一别，瞬间一分为二。核桃的香味诱惑人，我有些迫不及待，太姥姥从发髻中抽出簪，簪的一头是尖的，往外抠核桃仁非常适用。不费力气地一挑，一块核桃仁，一蹦一跳地跑出来。

泥火盆从祖辈传下来，它无什么特别之处，如今东北的冬天，僻远的乡村，大雪封门的日子，人们还是习惯笼一个泥火盆。

人的一生在回忆中度过，时常停下奔走的情感，寻找过去的情景。很多事情忘掉得太快，来不及生出时间的锈痕，有的东西蔓延记忆中，燎起漫天的激情。泥火盆是一部大书，内容丰富不是一天两天读完的，它吸引漂泊的情感，不顾路途的遥远，急急地赶来。

养个孩子吊起来

摇篮——东北人叫它悠车，“养个孩子吊起来”这一个“吊”字，形象地解释被称为“怪”。悠车的叫法各地区不同，有的叫“腰车”“炕车”，悠车和满族人生存的地域有关。

记忆中的悠车，不是书中记载的桦树皮或椴木制成的。它是竹条弯成的椭圆形的圈，分做上下的框，线绳织成菱形的网连接一体，上头拴四根粗绳，挂在门框或房梁上。悠车里放上孩子的褥子、小枕头，有的人家系上晃啷和气球。悠车荡起的时候，晃啷哗啦哗啦地响，气球飘舞，引得孩子手舞足蹈。孩子上悠车前有很多讲究，不是随便说上就上。

婴儿出生后数日（有七天或十二天的），便开始睡悠车，俗称“上车”。所用的车很少是自家新制，而是由姥姥家、舅舅家

文化馆的老建筑

《养活孩子吊起来》，剪纸：郭金玲

赠送，而且以经人用过的旧车为好，因为这样的车已被实践证明能使孩子平安长大成人，用起来吉利。也有的人家为图孩子“好养活”专门向亲友中人丁兴旺、子孙满堂的家庭去借其用过的悠车。孩子入车之前往往还要有一些仪式，如姥姥、舅舅等叨咕几句平平安安的、步步登高之类的吉祥话，还放一些钱在车内的枕头下，俗称“压车钱”。若是借来的旧车，拴吊好后把孩子放进去之前，先把自家的猫放进去悠一悠，若是猫不在家，就用扫炕的“笤帚疙瘩”代替，悠时嘴里也要“叨咕”，意思无非是借此去掉“邪气”。另一说猫或笤帚疙瘩都是整天待在自家炕上，将其在车里放一放孩子再睡就不会“认生”。[①]

我们是一大家子人，里外两铺大炕，一进门的地方是个地坑。顶上铺活动的木板，做饭时掀开，人要下去烧火做饭。房子一分为二，中间的拉门，晚上睡觉才拉上。妹妹睡的悠车，白天挂门框上，晚上摘下来。朝鲜族的房子进屋脱鞋，炕面铺着高粱秸编的炕席。晚上一家人热闹，微弱的光线下，摆上大圆桌吃饭，交谈一天的所见所闻，唠着柴米油盐，孩子不知不觉中长大了。夜晚电力供应不足，三天两头停电，窗台上的瓶子插着蜡烛，这是移动的灯。烛花在黑暗中闪烁，依靠弱光整理被褥，过早地躺进被窝。白天家里显得空荡，工作的工作，上学的上学。大多的时间奶奶一人在家，妹妹在悠车里比较多，腾出手奶奶干点别的活。有时我逗妹妹玩，摘一朵喇叭花，逗她闻一闻花的香味。逮一只“蚂蛉”，用线拴住尾巴，绑在悠车上，任它挣扎着飞。妹妹玩累了，不管不顾地咧开嘴就哭，小手揉搓眼睛，不高兴的模样。我推动悠车，在晃啷的哗哗声中让她入睡，古老的歌谣、童话和悠车紧密相连，对于童年缺一不可。我学会的第一首歌谣，是跟奶奶晃悠车学会的，奶奶推动悠车，随节奏唱到：

① 韩晓时编著：《满族民居民俗》，第7页，沈阳：沈阳出版社，2004年版。

悠哇，悠哇，悠哇，
小宝宝睡着啦，
你阿玛，当兵喀，
骑大马去出征，
海参崴打老毛子。
小宝宝好好睡吧，
阿玛头戴花翎骑着头大红马，
挣下的功劳都归你啦。①

悠车里的妹妹，记住奶奶的歌声。我被吸引住了，不懂得歌中的意思，想到奔跑的白马和离家当兵的人。悠车如同母亲的怀抱，妹妹睡着踏实，歌谣犹如乳汁，滋养嫩芽般的生命。

朝鲜族的房屋构造风格独特，屋顶四个斜面，墙壁涂成白色。房子前后都有门，坐在炕上能看清菜市场的老榆树。进城卖东西的人，花轱辘车放在那儿，卸下的牛拴榆树上，一条装草料的麻袋口敞开，牛慢慢地倒嚼，摇着尾巴驱赶蚊蝇。我去菜市场玩，远远闻到一股骚味，牛粪上一群苍蝇乱飞。爷爷是闲不住的人，腿上扎着裹腿，带干粮和水天天上山。背回的松树枝子，蹲在市场上卖，赚的钱用来补贴家里。雨天不能进山，他盘腿坐在炕上，卷一支烟，摇着悠车哄哄孙女。爷爷的宝贝箱子是包装箱改造的，刷一层绿漆，由一块块木条拼凑成。装着不能乱动的东西：户口簿、购买证、粮油证、购煤证、布票、粮票。我心动的是他的动物饼干：大象、猴子、小鹿、兔子、小狗、公鸡……箱子锁着“永固”牌的锁头。每次爷爷解开腰间系的一串磨损的钥匙，不用多说一句话，我忙跪在爷爷面前磕头，他高兴地分给我几种不同的动物饼干。

---

① 李永庆主编：《吉林省民间文学集成永吉县卷》，第 571 页，内部资料，1988 年版。

我做事缺少长性，由着心情不管不顾，悠车荡起来，然后跑出家门去玩。我们家的院子特别大，种植向日葵、蔬菜，板障子爬满喇叭花。“蚂蛉”在花丛中飞舞，栖落茎叶上，我拿套子四处追逐。空地长满灰菜、蒿子、苍耳子、拉拉秧，这儿的环境与文化馆的楼不协调。1963 年 7 月 7 日，我父亲调到文化馆工作，我家住的地方原来是教堂宿舍，后来改为收发室，我们来了以后，没有地方住就分配给我家了。文化馆藏书有十万册，其中珍贵资料有《康德日报》《大东日报》《哈尔滨日报》等伪满日报。

> 龙井中央教会堂的前身，是从 1908 年开始在龙井的朝鲜人教徒做礼拜的那个草房。
>
> 1913 年，中央教会聘请金乃范牧师举行开堂典礼，并推荐金桂颜为第一任长老。当时，教徒只有 20 余人，他们在草房做礼拜。1917 年，金乃范牧师卸任，由姜斗和继任牧师，从 1932 年 6 月起，由文在麟任牧师。
>
> 中央教会聘请金善宙牧师于 1939 年 3 月 3 日至 13 日举行了“大复兴会”。会后，信徒增至百余人，并筹集资金 4800 元，修建了 80 平方米的砖瓦结构的礼拜堂。后来，信徒达 380 余人，神职人员几十人。[①]

1964 年，我父亲的同事踏上文化馆的铁瓦顶，拆下十字架，我无法看到当时的情景。障子外面是文化馆的空地，白天大人们上班了，我掀开障子中间的一块活动的板子，跑到空地上玩。追一只蝴蝶，逮花膀“蚂蛉”，我个子太小，够不着障子尖上的“蚂蛉”，常常忙乎一身汗，空手而归。奶奶见此情景拆开旧口罩，用纱布缝一个网套。爷爷用铁丝弯成圈，将它绑到一根竹竿上。从这一天开始，拿它逮“蚂蛉”了，在障子中钻来钻去，

① 政协龙井市文史资料委员会编著:《龙井文史资料》，第 206 页，内部资料，2011 年版。

到了晚上，累得直说梦话，还在梦中追来追去。

二叔和他的同事们，在空地上，搭一个象征性的球网，分成两伙打排球。球被打得飞来飞去，引得他们不时地大叫。我把套子放一边，盘腿坐在地上看比赛，有时帮他们捡飞远的球。

“文革”开始了，街上是游行的队伍，穿军装、戴红袖标的人，架的大喇叭震天的响。没有人上班，办公室的窗子被钉上板子，几乎无完整的玻璃。我发现管理严格的图书阅览室，不知被谁撬开钉的板子。我爬进去一看，书从架子扔到地上，堆成一座山似的，许多书的封皮印上黑鞋印，墙上贴着毛主席穿军装、戴红袖标的宣传画。阳光透过缝隙挤进来，一条条光线撒落书堆上，光线中飘灰尘，这是我乱翻一气掀起的尘土。我识的字不多，对书不大感兴趣，大多不适合我看的。随手拿几本回家，这件事不能被大人知道，偷偷地问叔叔，是他给我念的书名，那本书的名字叫《牛虻》，是一本外国的书。文化馆向南走不远就是二百货，那里是我愿去的地方。一排排玻璃柜的里面，摆满各种商品，我有时爬上面，盯住诱人的文具：花杆铅笔，造型漂亮的转笔刀，塑料格尺和圆规。上学的第一个铅笔盒就是在那里买的，离开学还有好多天，我央求母亲去买观察好的铅笔盒。盒盖上印着李奶奶、李玉和、李铁梅，一家三代人高举号志灯的形象，盒里印着乘法口诀表。我记得售货员身后的大玻璃窗子，映得亮晃晃的。

晚上家里的人多，悠车不能挂在那儿。摘下悠车叠好挂在墙上，不在悠车里的妹妹，依偎妈妈的怀中。妈妈轻拍她唱道：小燕子穿花衣 / 年年春天来这里 / 我问燕子为啥来 / 燕子说 / 这里的春天最美丽。妈妈和奶奶唱的不是一首歌，旋律不同，但情感是一样的真挚。

妹妹在悠车里一天天地长大，能坐起来玩晃啷。嘴里冒出的呀呀语，模糊地蹦出“妈”的音了。

后来我们和爷爷分家，离开老房子。妹妹一天天大了，那架悠车不知哪去了。童年里留下的事物，一直存在心中，并未随岁月消逝。

水边浣衣声

加斯东·巴什拉说："土地真正的眼睛是水，在我们的双眼里，正是水在幻想。"[①] 在我家乡的大地上，有无数条水的眼睛，不管走出多远多久，总是忘不掉那种情感。

人们依水而居，出门不远处是溪水，或是一条大河。家乡人管有水的地方，不论大小习惯称为"河套"。沿水产生民俗文化，朝鲜族"浣衣"和"捣练"的风俗，是时间中形成，一代代地传下来。海兰江离我家住的地方很近，不过十几分钟的路程。星期天附近的人们经常头顶一盆衣服，拎着换洗的东西，一路直奔海兰江。人们尽可能地早去，抢占一块平坦的石头。河边一溜排开洗衣服的人，笑声中挥舞棒槌，捶打声响成一片。水中是嬉戏的孩

① ［法］加斯东·巴什拉著：《水与梦》，第 35 页，长沙：岳麓书社，2005 年版。

子们，“搂狗刨”、“打漂仰”，搅得水花乱溅。我不会水，胆子又特别小，不敢到深处去，只是捡浅水的边上，离洗衣服的人近，耳朵里堆满捶衣声。河滩无遮光的建筑，散落地长着野艾，洗净的东西搭晒野艾上，在阳光和风的吹拂下，很快干透了。从冰凌消退不久，河水还清冷砭骨，有人戴胶皮手套洗衣服，一直到深秋，过冬的被褥换洗一遍，河边洗衣服的人少了，后来冰雪封盖水面。

喷浆捣衣是地缘的民俗文化，由于延边地处长白山区，冬季漫长的寒冷，被褥这样换洗的物品，清洗一次麻烦了。所以秋季要准备过冬的衣物，经过喷浆以后，一般脏污的油垢渗不进布的纤维中去，浮在表层上，再洗时不用费太多的力气。喷的浆无什么秘密配方，将衣物浸泡米汤中，然后再拿出晒干捶打。朝鲜族的捣衣有讲究，有一套捶打的技法。秋天的夜晚，走进任何朝鲜族的屯子，就能听到捣衣声。“捣衣”一般情况下，白天上完浆后，妇女们忙于其他的事情，到了晚上有清闲的时间。

可以自由地选择方式，一个人拿只一棒槌捶打，或者两人对坐，相互交叉地捶打。少妇们面对面相坐捶打，更多地讲究技法，时而缓慢，时而加快节奏，或轻或重，全凭一时的情绪。棒槌多了一份情感，有时高兴了，伴着“捣衣”声哼唱歌谣。

喷浆捣衣的方法，汉族人也学会了，我家和邻居秋天都这么做。我母亲在新华书店工作，休息这一天十分忙，太阳还未晒暖河水，我和母亲拿洗的衣物，穿过东山学校后院的榆树林，跨过铁路，越过龙明朝鲜族屯子，这条路去海兰江不需绕路。海兰江哗哗的水声，一阵阵地飞来，风中饱含水湿的气味。时间还早，到河边来的人很少，但有几个人已经干开了。母亲找来石头，将衣服压水边浸泡，舀水冲干净平坦的石头。秋天的北方，天晴气爽，风直往身体里钻。看着流淌的水，蹲在一边瞧母亲干活。水边的“蚂蛉”特别的多，我无心思逮它们，挥了几下手，将几只赶远一点。在母亲一阵捶打声中，太阳越来越足了，水边来的人多了。我帮着母亲把洗净的衣服晒草棵子上，最后自己泡在水中，只露出个脑袋。水流淌的清脆声，

七十年代，童年的作者和父亲在冰天雪地的海兰江上

母亲捶衣服的声音挤满耳朵里，一片阳光照在脸上。

一上午在河边度过，中午回到家中，妹妹熬熟馇子粥，母亲和我去洗衣服时，叮嘱她澄一些米汤浆被。大洗衣盆中盛了一下子，洗净的被面上浆后，再晒绳子上。我家的院子不大，挂满上浆的被面和褥面，浓重的饭香味四处滚动。

晚饭后，母亲一天的活还未干完，妹妹出去玩了，我哪也不能去。母亲在硬木板上捶打浆洗后的被面，还要用力地抻平。我和母亲各自站一边，被面叠成长条的带子状，我们一人握住一头，同时往各自的方向抻，一下下地抻，母亲这时笑了，她说："你长大了，有力气了。"母亲的夸奖使我更来劲儿了。

被子做好，冬天也来了，夜晚躺被窝中，闻着浆的香味进入长夜。想起秋天和母亲去海兰江边洗衣物的情景。

如今去海兰江边洗衣服的人少了，江坝不是过去的青石，改用水泥抹顶，直上直下，人们也下不去了。2008 年 5 月，我回到龙井后，高维春陪我去海兰江看一看。穿越龙明村，远远地看到河水，却听不到水的清脆声。

黑铁桥横在海兰江上，河中的水浅了，无人来这里洗衣服。加斯东·巴什拉说的土地的眼睛，此时一定含满忧郁，它能告诉我什么呢？

满族的酸菜

家乡的酸菜，不过是普通的菜，无论走出多久，特有的味道和情感，别人不会理解。

北方的秋天大白菜随处可见，这是过冬必备的菜，冬天人们靠它熬过寒冷的日子。东北人吃白菜有很多吃法，除了炖、炒、溜，还吃冻白菜。秋天将无心的白菜丢到房顶上，这样既省地方，也不用操心费力地经营，吃的时候，取下来拾掇干净可食用。

酸菜满语称为“布缩结”，满族人传统美食中普通的菜，却是一道名菜。清代满族诗人顾太清写过一首《酸菜》：“秋登场圃净，白露已为霜。老韭盐封瓮，香芹碧满筐。刈根仍涤垢，压石更添浆。筑窖深防冻，冬窗一修觞”。诗中飘出浓郁的地方特色，描写制作酸菜的过程，天寒地冻的关东，大雪封门，咆哮的风雪中，一家人坐在热炕头上，围坐一起吃酸菜炖猪肉

《大缸小缸渍酸菜》，剪纸：郭金玲

和粉条，或火锅、酸菜、边白肉、血肠。早在辽金时期，女真人居住的地区，已经开始产白菜，并且有入冬时渍酸菜的习俗，民俗学家关云德搜集整理过关于酸菜的传说：

> 相传，金太祖完颜阿骨打起兵反辽时，有一次远征漠北，命他的大妃为女真军押送军粮菜蔬。不料中途遇上一股辽朝军队，双方激战起来，由于女真军押运人员少，虽然拼死相搏，终于寡不敌众，全部战死，大妃在临死前顺手将几棵白菜塞进陶罐子里。
>
> 阿骨打在战后派女真军去接应大妃的运粮车队，却见押运的女真兵马全部战死，在大妃遗体旁，发现了装着白菜的陶罐，由于雨水的浸泡，大白菜已经发黄变软，并且散发出一种奇特的酸味来。阿骨打悲痛地将爱妃安葬在山坡松树旁。将大妃舍命保护下来的几棵白菜切碎，炖上猪肉，女真军吃得特别香，顿觉体力倍增，高喊着为大妃和死去的女真将士报仇的口号，一举打下宾州城，取得了涞流河战役的伟大胜利，刻下了著名的“大金得胜砣碑”文纪念。
>
> 女真人见大白菜用水一渍，味道特别好吃，又非常简单易学，就发明了酸菜。民间家家户户都学会了腌制酸菜食用，并尊记大妃为渍菜女——布苏妈妈。[①]

读关云德的传说，我对酸菜增加新的情感，秋天各家最忙了，买的白菜上千斤，每天打开晾晒，天黑前码上垛。叶向外，根朝里，围成圆形，防止夜里冻坏。

酸菜腌制的方法是将大白菜去掉老帮，除根去叶，清水洗净，放在沸水锅中煮烫，然后拿出，投冷水中渍泡。白菜取出控干水，摆入缸中，压

---

① 关云德著：《满族与酸菜》，《吉林日报》，2008 年 10 月 30 日。

实一层，放上粗粒盐，码实满缸后，压上一块石头。倒入凉水，过几天后，压石下沉，将缸口拿东西盖严。不能碰油腻的东西，以免酸菜易烂。我家做入冬前的准备工作，腌酸菜和咸菜的坛子、缸洗刷一遍。渍酸菜的大缸，从后院的墙根移入屋中，锅台和窗子之间，有一小块空间，那是酸菜缸冬天的地方。渍酸菜先烧开一锅水，洗净的白菜，热水中浸过再放到缸中。浸时间长了不好，一定掌握火候。白菜排满缸中，放满淡盐水，最后压上石块。

天气一天天冷，屋子里的温度和外面相差悬殊，酸菜中溢出酸菜味，冬天已经很深了。

酸菜是家常便菜，来客人时是应急菜，随手从缸中捞出酸菜解决问题。炖一锅酸菜粉，热腾腾地端上来，上几碟小咸菜，烫一壶热酒。吃酸菜离不开边白肉，光瘦肉炖不好吃，酸菜吃油白肉煮进去，像豆腐一样的嫩，吃时不那么腻人了。东北人好吃火锅，酸菜火锅吃时很讲究，酸菜切得细细的，放上土豆粉丝和冻豆腐，再加上炭火散出的炭香味，充满温馨的回味。吃火锅的作料是有学问的，韭菜花、辣椒油、蒜泥、葱末、香菜、酱油、腐乳，最后倒一点香油，放在碗中调好，从锅里夹出菜蘸着吃。我的祖母是满族人，从小受到良好的家教，接人待物极热情、真诚。祖母的刀工好，酸菜切得粗细均匀，小菜摆得漂亮，不能随便地出现在客人面前。

酸菜的吃法很多，包水饺，炒肉吃，炖豆腐吃，也可以生吃。我的家乡是雪国，漫长的冬天，缺少新鲜的蔬菜，只能变法吃那几样传统菜。

吃久了，对酸菜多了情感，一段时间不吃有些想它。小孩子感冒咳嗽，熬一茶缸酸菜水，热乎乎地喝下去，老人们说镇咳，不知谁发明的偏方。出门远行时，包一顿酸菜馅的饺子，保佑出门人一路平安。

我是吃酸菜长大的，家乡的人喜爱酸菜。

悠荡的秋千

多少年后，我又看到老照片，每一次的感受不同。秋千架竖立在空旷的大地上，两根架杆如同“人”字的一撇一捺，支撑秋千的骨架。绳索宛如鸟儿的翅膀，将人送上天空飞起来了，女人荡到高空，她看清自己生活的土地，屯子中的草房顶和密麻麻的烟囱。她们在这里生儿育女，听孩子的哭声，听丈夫的喊叫声，听牛哞哞的叫声。黎明的炊烟从这儿升起，深夜的灯光将她印在墙上。“朝鲜族的秋千，大多是农闲、端午和喜庆的日子里的娱乐用具。秋千的设施由绳索和立架组成。50 年代以前，秋千的绳索往往在山坡、河岸的大树上。每逢节日，朝鲜族姑娘和少妇们，穿上鲜艳的民族服装，争登高低，轮番比试。在郁郁葱葱的大树上，荡者上下翻飞，

荡秋千

观者心旷神怡。这种融会于大自然中的游戏吸引着成百上千的观众。”[①]

1986年4月20日，在永吉县春登乡二村，民俗工作者金相喜，调查72岁老人罗文秀，记下这首《打秋千》：

三月是清明，
桃花开柳放青，
小蜜蜂采花蕊颤颤乱动，
它也有春情。
抬头瞧见美佳人，
年纪不过十八九，
梳的时兴头，
擦的桂花油，
谁给你买的绒花大耳环。
江南官粉来扮相，
姿容秀丽赛美女。
身穿大红袄，外套绿衫衣，
兰缎子坎肩乡花真出奇。
有八福罗裙带腰中系，
绿裤真新鲜，
在下边露出了小金莲。
……[②]

2006年6月，高维春陪我去三合的江域，这是一个朝鲜族屯子，一同前往的镇委的主任，汉语说得不流畅，听起来费解。这是有着一百多年的老

① 千寿山执笔：《中国朝鲜族风俗百年》，第133页，沈阳：辽宁民族出版社，2008年版。
② 永吉县民间文学集成编委会编著：《吉林省永吉县民间文学集成·永吉县卷》，第525页，内部资料，1988年版。

房子，歇山式的屋顶，屋脊曲线两端上翘，青瓦层层相叠。屋角檐的装饰充满民族特色，女主人不会讲汉语，她只是用微笑迎接我们的到来。女主人讲述房子的历史，我脱鞋上炕，炕琴上的图案是朝鲜族喜爱的松鹤，拉门旁的缝纫机有些陈旧，一看就有年头了。墙上挂着很多奖状，是朝汉两种文字，这些奖状装在镜框中，大都是七十年代获的奖。有男主人摔跤的奖状，我发现了一张女主人荡秋千得的奖状。我再一次看缝纫机，我想这就是当年的奖品。女主人现在胖多了，从我们进屋开始，她手中的抹布不停地擦。当年的“车妞”，现在变成“阿迈”，她无能力再荡秋千了，只能敲起长鼓，让欢快的鼓声追逐秋千。

中午是在一个朝鲜族家吃的午饭，大炕上摆一张方桌，锅台在炕的一头，两口突出的铸铁锅擦得干净。一桌山野菜泛着野性的清香，四叶菜、猫爪子、婆婆丁、土鸡蛋，这是城市中所吃不到的，我离开家乡多年，坐在炕上不习惯盘腿了。从敞开的窗口眺望远处的山冈，图们江刮来潮润的风。吃饭的中间，我到院子里走了走，看不到竖立的秋千架。菜地上飞舞的白蝴蝶，轻盈地穿越障子，向屯子中飞去。房前有一口压水井，每口井旁有大肚子缸，缸中盛满水，漂浮一只葫芦瓢。每一次压水的时候，舀一瓢水，倒进去引一下水，快速压动手柄。压不了几下，一阵清凉的水，从出水嘴哗哗地流淌。水是从地下抽出的，如冰镇一样清爽，水冰清可口，不似城市的自来水有药味。

我坐在台阶上，思绪向屯子中飞去，胖大嫂和缝纫机无法摆脱掉。我似乎看到她身着民族服装，站在踏脚板上，一次次地荡往空中，感受不同的状态。

素素写了朝鲜族的秋千，后来她来到帽儿山下民俗村，看到竖立的秋千。她盘腿坐在炕上，身边是两口朝鲜族的铁锅，她在感受一个民族的秋千。

它真的是太远了，一直就躲在长白山麓那片黑森林里。走到那块打稻场的时候，天阴了起来四周升起很大很浓的雾，雾气很

朝鲜族的锅台，板子下面是地坑

百年老屋的屋檐角

朝鲜族的百年老屋

运动会上踏跳板

快就将四周的房屋和树的轮廓模糊成梦境一般。但我远远就看见了那座熟悉而又陌生的秋千架。雾气从它的空白处穿流而过，它孤单而深情地悬吊在那里，仿佛就在那等着我这个远方来客。

那里没人。我就坐在那片空地上仰望。

它简单极了。在两根之间垂落下两根稻草绳，稻草绳连接着一块木制的踏板。那踏板与地面有一段距离，为的是让站在踏板上的女人悠荡起来。①

素素去过的民族村我也去过，它是在帽子山脚下，小的时候那里荒凉，每次去龙井在车上看到沟里的自然屯子。现在那里的土地开发了，过去的模样见不到了。我经历过人山人海，气氛高涨的农民运动大会。每年的“九·三”县里开体育运动大会，各个公社在场外扎起饭棚，支起一口口大锅，杀猪宰牛慰劳运动员和文艺宣传队。我那时候不大，一个人在人群中挤来挤去，在“着苏迷达”的赞赏声中，看到跳板上腾空的年轻姑娘，铜铃一次次被踢中，响声如同绽放的花儿，散发出幸福的清香。姑娘在空中自由自在，她们用肢体的语言诉说，听到风的赞美，阳光的拥抱。得奖后的姑娘在众人的帮助下，将一台缝纫机抬到花轱辘牛车上，在祝福声中离开运动场，走在回家的路上。摔跤是男人与男人的较量，第一名的奖品是一头大黄牛，牛的前额戴着一朵大红花。

我年纪小不知什么，羡慕地跟牛车走出很远。第二天来到体育场，看秋千架还未被拆除，摩挲秋千的绳索，荡了几下空绳子。我常去体育场玩，那儿的灯光球场，经常有人打篮球，翻过那条土坡，外面就是海兰江了。人们不习惯叫它的名字，统称为“河套”。江水平时温顺，大人忙着洗衣服，小孩子洗澡，洗净的衣服晒野艾上，捶衣服的声音传出很远。

2008 年 6 月，回到龙井后，我来到老灯光场，过去的模样一点不见了，

---

① 素素著：《独语东北》，第 173 页，天津：百花文艺出版社，2001 年版。

现在变成水泥广场。周围竖立几根石头柱子，上面雕刻古老的神话传说。那架秋千不知什么时候消失了，只是记忆中还是那样清晰。

照片像一件旧衣服，弥漫熟悉的气味。每次翻开这本书，犹如打开一扇门，藏在门里的事情，纷纷往外挤来。而我的思想乘着目光的马车，走进时间的大路回味过去，重新记录忘记的事。秋千仍然竖立在空旷的场上，只是风吹雨淋，雪花的缠绕显得陈旧而已。我停下目光的马车，还像少年时那样，坐在脚踏板上荡起，我回到过去中。

冰天雪地爬犁行

爬犁也叫“扒犁”或“扒杆”，满语称为“法喇”。东北冬天常使用的爬犁主要有：大马爬犁、牛爬犁、人爬犁、狗爬犁。高士奇在《扈从东巡日录》说：“爬犁也。车而无轮，犁而有箱，载不以盈，险不以倾，冰雪时利用焉。”①

我父亲给我们讲，他小时候到松花江玩爬犁，看冰上客栈，南来北往的人热闹极了。他姥爷家养的几条大狗，拉着爬犁在雪地上奔跑。吉林又叫船厂，满语是“吉林乌拉”，译为汉语是沿江。吉林历史久远，周为肃慎，汉为挹娄、扶余，唐为渤海，辽为上京、东京，金为上京、咸平，元属辽阳行中书省，明为女贞地。在陆路交通极为困难的情况下，松花江就成了

① 高士奇著：《扈从东巡日录》，第120页，长春：吉林文史出版社，1986年版。

通往黑龙江、乌苏里江的水上交通要道。造船、运兵、运粮秣，船厂的名字就是这样来源的。

到了清朝康熙年间，皇帝下令：调宁古塔都统安朱瑚移住吉书乌拉，加强这里的地位，大兴土木，以松杆为墙，修建城垣。

这里一下成了松花江、黑龙江下游和乌苏里江流域广大地区的政治、军事、文化中心。

200年前，城市已经初具规模了，出现河南街、迎恩街、西大街、北大街、尚义街、翠华胡同……嗣后由于人口俱增，商业日繁，接着出现船营街、辘轳把街、草市街、通天街、粮米行等相继发展起来，但引人注目的是水院子——冰上客栈。

父亲住德胜门外，去南江沿的冰山客栈很方便，出门往右一拐，进入北大街往南，不到一支烟的工夫，先是看到沿江的白茫茫、晶荧荧、闪亮亮的树挂，非常像童话世界。

父亲小时候对买什么东西，不那么感兴趣，在那江面上滑冰、打冰猴非常惬意，一玩就是半天。

满族人对狗有特殊的感情，不戴狗皮帽子，不吃狗肉，缘于狗救过努尔哈赤的命。养狗不光是为了看家护院，上山狩猎，到了冬天，它还是“驾犁”的好手。爬犁不是什么娇贵玩意，生活中是不可缺少的得力助手。冰天雪地的日子里，这是人们外出的主要运输工具。

我们玩的爬犁已经简化了，体积小巧，它不像乡村中的马拉爬犁，马脖子上挂着铜铃，跑起来叮咚叮咚地响。赶爬犁的人，挥舞大鞭子，马吐出的哈气像小烟筒，嘴边挂满霜。我有一本小人书，说的是东北抗日联军打鬼子的故事，其中一段描写战士们奉命转移。他们坐在狗爬犁上，雪地留下爬犁的痕迹，狗舒展身体，画得如同一头小牛犊。

孩子们的创造力惊人，爬犁很少有大人给做，必须自己动手。我的爬犁做得粗糙，是由硬杂木拼凑而成，木质不同，花纹不一样。爬犁面是请同学帮忙刨出来的，我家没有刨子，只有一把锯。同学的父亲是京

《皇清职贡图》中的赫哲族雪橇

剧团的美工师，他家的木工工具全，刨床子，拐尺，墨线斗，拉刨，推刨，净刨，槽刨，我的木工知识是在他家学习的。我构想爬犁的模样，打好草稿，刨好的木板，用卷尺量好尺寸，拿铅笔划下线，架在凳子上锯断。装钉子的盒子里乱七八糟的，有电线头、破刀子、合页、螺丝钉。旧钉子弯曲生满铁锈，找一块平坦的石头，一根根地敲直，钉尖含嘴里有一股锈味。经过吐沫的湿润，钉子减少阻力，往木板上钉时顺畅多了。体育课有时是上大河，前一天老师通知，第二天上冰。同学们拉一只爬犁，挑着单腿冰车，排列队伍去布尔哈通河，有的同学家中富裕，爬犁是冰刀做的，冰刀直接钉上，刀刃闪闪。漂亮不说，放到冰上一推，自己跑出很远，滑起来速度快。

爬犁坐一个人，溅起的冰儿扑在脸和身上。两只冰锥撑在冰面上，滑出孩子们多少乐趣。到了雪天，一夜的风雪咆哮，房子任凭雪浪风抽，仿佛摧毁这个世界，躺在炕上听声音害怕，受到惊吓后，蜷缩被窝中找到安全的地方。在大自然的交响乐中，想着明天起早清雪，渐渐有了睡意。

清晨早早地被喊醒了，冬天的火炕恋人。爬到窗前，玻璃结满霜花，纹络清晰，大风的剪子，铰下飘飞的雪花粘窗子上。我的嘴唇靠去化出圆洞，眯起一只眼睛向外望。好大的雪，后园子的积雪遮盖了一切，那两棵杨树落尽叶子，光秃秃的枝椏披满树挂。

扫雪是我的事，穿好衣服，推房门的时候，门和框子冻在一起，我奋力地推开。院子中的雪眩目，眼睛不适应白光。天空那么高远，雪后的空气清冷，风像一头野兽，被光的大手撵走，消失得无影无踪。从门到仓房的雪地，留下我的脚印，踩雪的声音，刺激神经兴奋。

拿出干活的工具，爬犁捆上大花筐，铲起的雪装进筐里，拉到外面的空场地上。胡同里已经有爬犁跑过的印迹，有的人家早起。我拉着爬犁在雪地奔跑，一夜攒下的力气爆发出来。雪有时钻进棉鞋中，人和雪打交道其乐无穷，堆雪人，打雪仗，滑爬犁。在这样的日子中，孩子们度过童年、少年时代。

倒雪的空场地很大，大杂院的人往这儿送雪。人们从胡同里出来，几乎是孩子们拉爬犁，一趟趟地跑。雪越堆越大，一个大雪人很快就完成了，憨态可掬的雪人，迎来初升的太阳，给孩子们送来滑稽的笑容。

大雪后的一天开始。

满族的酱

家乡有下酱的习俗，进了腊月挑选饱满的大豆，铁锅翻炒，然后温水浸泡，鼓胀的豆粒，笊篱捞出，回锅烀煮，投入适量的水，不断地翻锅，锅开后小火慢煨。做好的酱块，牛皮纸封好，放置阴地发酵一冬。翌年农历四月，选择好日子下酱，一套严格的传统工艺，完全凭经验完成。谁家的酱好，引得邻人和亲朋的称赞，探亲访友送一酱块遭人喜爱。酱是三餐不可少的食物，有客人来上一碟酱，朝鲜族离不开酱，酱汤和辣椒酱，味道辛辣、香美，逢餐必有。“每年冬至前后，按人口多少计量（过去一般按每人一升豆，即 2 公斤计量），将黄豆煮烂并捣碎做成团或方块，晒干后用稻草或草绳吊起来发酵，有的堆放在炕角发酵。翌年清明节前后取下来，破成小块晒几天，然后装入缸中，在浓度较大的盐水里浸泡，封闭缸中。一个月后，盐水把酱块泡开后用筛过滤，把酱块与液体分离后，将液体用慢火熬成酱油。

把酱块仍装入缸里（使酱水浸泡酱块）封闭，过一段时间就成了朝鲜族平时很喜欢吃的大酱。”①

2008年6月，我回延吉时，有一天朋友请我去一家饭店，吃朝鲜族风味的饭，上了两个石锅，一锅米饭，一锅酱汤，还有两碟泡菜。我喜好喝酱汤，回滨州后做了几次，但都不是那个味道。我想这和酱有关系，汤看似简单，其实并不是那么一回事。

上世纪七十年代，物资匮乏，买大酱必须排队。关瘸子小卖部在东方红影院边上，排号的时候，注视马路上往来的人，宣传栏上的电影海报，排多长时间不会寂寞。小卖部只有一间屋子，货架上摆着一列罐头，几包火柴，还有日常的杂货品，柜台边放着两口大缸，分别盛酱油和米醋，装酱的木桶，遮上一个木盖子。关瘸子的衣服，一年四季未大变化，一顶军帽天天必戴，他是荣誉军人，腿是抗美援朝时受的伤。他来学校做爱国主义报告时，拄着手杖，步入学校时掌声雷动，全校师生列队欢迎，给他戴上一条红领巾。关瘸子性格温和，从不见他发过脾气，一天到晚脸上挂满笑容，我们去买东西，他偶尔还开个玩笑。大酱不是每天都有，紧张时早起排队，多时买到十几斤，酱入坛子里后，纱布包上盐粒，扎紧上方放酱上。

家乡的大酱可做各种佳肴，肉丝炒酱、炸鸡蛋酱、辣椒酱、蒸辣椒酱。碗中放入酱，青尖椒洗净覆盖酱上，淋浇食油，进屉蒸熟。上桌时青尖椒熟烂，筷子搅拌，酱和青尖椒融和便可动口吃。汪曾祺是大作家，也是美食家，他写了不少关于食物的散文，他在一文中说：“浙中清馋，无过张岱，白下老饕，端让随园，中国是一个很讲究吃的国家，文人很多都爱吃会吃，不但会吃，而且善于谈吃。”我家乡的“酱蒸青辣”，汪曾祺怕没有吃过吧。家乡人喜吃蘸酱菜，高粱秸编的笸箩中，有黄瓜条、水萝卜、水芹菜、小根蒜、小葱、生菜、曲麻菜、婆婆丁，蘸着大酱可口开胃。家乡有一句话：“小葱蘸大酱，越吃越健康。”2007年6月，高维春陪我到三河镇，中午时，

---

① 千寿山执笔：《中国朝鲜族风俗百年》，第93页，沈阳：辽宁民族出版社，2008年版。

在一家朝鲜族农家，盘腿坐在炕上，一筐箩蘸酱菜，野菜纯天然长在大地上，吃时采摘。其中“美哪里”、苏子叶，都是新从地里摘采，这两种野菜味足清新。我认识苏子叶，“美哪里”面相熟，却不敢说它的名字，高维春告我说，它就是水芹菜，“美哪里”是朝译汉的名字。

2009年6月18日《吉林日报》，刊发关云德对满族大酱考证一文：“据说这种习俗与清太祖努尔哈赤当年南征北战打天下有关。努尔哈赤统一女真各部后，又率兵南下，要完成统一大业。由于连年征战，军中经常缺盐，军队将士们的体力明显下降。老罕王终于想出一计，每次行军到一个地方，都派兵士们去征集豆酱，做成酱块，用作军中必须保证的给养之一。行军打仗，每顿以酱蘸食山野菜为主要副食菜品。每打一次胜仗，为了给作战将士们补充营养，都将白菜叶洗净，厨师们制作出四种菜酱，有榛子酱、黄瓜酱、豌豆酱、萝卜酱，包菜包吃，这种方便快捷而富有营养的食品，大大提高了八旗将士们的征战能力，在军事上赢得了宝贵的时间，打了许多大胜仗，清军一路南下，所向披靡，所以，八旗将士们都称酱菜包为‘胜利包’，满语称为‘乏克’，即吃‘包儿饭’的意思。”

“包儿饭”延边叫“打饭包”，大人小孩都好这口。生菜摊在掌中，放上一勺米饭，几段香菜和葱丝，夹一点酱裹起包来。只要有酱有生菜和米饭，人们总要“打饭包”，这种吃法，一代代地传下来了。

远离家乡，我一直不改吃酱的习惯，一天三顿饭不能无酱。我来山东三十年，还是吃不了甜酱，原料不一，工艺不一，酱入口的味道不同。剧场街有一个卖东北特产的商店，妻子常去买大米、蘑菇、木耳、道拉吉根、粉条和咸菜，我家吃的大酱都是从那里买的。店主是家乡敦化人，随夫来滨州开了这家店铺。

关东的火炕

老百姓的俗话说：“三九四九，在家死糗”，东北人将过冬的日子，说成是“猫冬”。这一个猫字，不需太多的解释，形象地说明冬天的漫长。

我睡火炕长大，对它有特殊的情感。东北的冬天，凛冽的风号叫，窗玻璃被打得叭叭作响。躺在被窝里，炕烧得烫手，听窗外风雪交加的声音，人的心那么踏实，一点点地进入梦中。

火炕就是传统的延续，一种情感，一种生命。东北人管炕叫“一铺炕”，说明它的大和对它的敬重。一家人挤炕上生活，欢乐的，痛苦的，新生的，老去的，在舞台一样的炕上上演。炕是由砖、石板、土料构成的，结实耐用，保温性能好。一般的炕高出地面半米左右，下半部用土夯实，砖搭成一条条烟道，青石板铺在烟道的砖上。然后抹上搅拌的泥草，二层用沙土镘平，二十四小时不停地烧火，烘干新炕。盘炕不是什么人都能干的，总得请个懂

《满族的炕》，摄影：郭义

行的师傅。有人盘的炕特别好烧，烟道顺畅，炕热得快。有人盘的炕不好烧，一冬天，一家人遭罪受。炕全干透，开始糊炕面，刷糨糊的纸贴到炕面上，来回地滚动瓶子。粘贴纸时，纸接触炕面留下气泡，反复地滚瓶子赶匀，再糊一层牛皮纸，涂上炕油。炕烧热后漫出油味，很长时间不能消失。

东北天寒地冻，冬天人们大多待家中，房子里的取暖最重要，关系生存的状况。火炕有文字记载，是出现在《旧唐书·东夷传》，当时“其俗贫窭者多，冬月皆作长坑（炕），下燃煴火以取暖”。外面大风呼啸，地冻天寒，一家人盘腿围坐在炕上取暖，老人给孩子出闷儿（谜语）猜，“石头层层不见山，路程短短走不完，雷声隆隆不下雨，大雪飘飘不觉寒。”奶奶出的闷儿，我抓耳挠腮猜了老半天，后来奶奶说，就是我家的手摇小磨呀。

来“且”的时候，小方桌往炕上一摆，酸菜炖粉条一端上，大瓷碗中倒进滚热的开水，再烫一壶小烧。亲戚和朋友团聚一下，往日劳动的疲劳，顿时烟消云散，唠几句家常嗑，很快拉近人与人之间的距离。民俗学家杨满良，用了“老北方”，老字下一个定语，带人们回到久远的过去。这个“老”藏满历史的因素，表达人们对过去的怀念和记忆。火炕是东北独有的文化，老百姓家中的很多东西和火炕有联系，炕桌、炕沿、炕席、炕琴、火盆、烟管箩、炕上的笤帚等，“且”来串门，先请坐炕头，这是热情的表达方式。炕头最热，热如同北方人火爆的性格，坐在上面舒坦。

满族住宅一般三间房或五间房，整座房屋形似口袋．老百姓称作“口袋房”，推开门是灶房，西侧东侧各有一个锅台，用来烧炕取暖。人们习惯地管这个地方叫“外屋”。西面屋又称“上屋”，上屋里南、西、北三面筑有“丌”字形大土坯炕，叫做“万字炕”，家里来“且”，请到炕上坐；平常的生活，吃饭、孩子写作业是在炕桌上。火炕给人安逸的留恋，大雪纷飞的日子，孩子们不能出去玩，炕是唯一宽敞、随意的地方。孩子们弹杏核、翻绳（也有一种叫法“改股”）等游戏，这是满族人传下来的游戏。“嘎啦哈”是满语，是羊腿骨上的一块骨头，有人染上红色讨个吉祥。“嘎啦哈”玩法花样多，翻坑，翻肚，翻轮，一把抓，一个人玩，多个人可以一起玩。

“过家门”也是童年流行的游戏了，模仿日常的生活：买菜、做饭、工作、对话、吵架、上学、逛街、吃药、打针、生子……从被垛上搬下枕头、被子，找来茶缸和脸盆。拿笤帚在炕中间画一条线，象征性地分为两家。玩累了，摆上方桌写作业，晚上大人们检查布置的功课。老人们的生活较单调，老伙计、姐妹们偎在炕头，听半导体收音机，抽烟唠嗑。如果有猫卧在炕头，闭目养神，热炕让它满意，风雪的啸声是它的催眠曲。室外零下三十几度，行人的手不敢伸出去，鼻尖冻得通红，人们那时急着赶路，家中烫手的大炕变得可爱。

夜晚躺在炕上一个个地相挨，呼吸声相融一起。炕是让一家人最亲密的时候，劳累一天的父母，烙着疲惫的身体解乏。在父母的身边睡得踏实，孩子们睡中说着梦话，白天的玩耍存在潜意识中。

炕是生命中的状态，对人而言它是起航的大船，人生的远航。人走出多远，想起故乡，就想到温热的火炕。

柈子垛

柈子垛是一家人温馨、勤劳的标志，随意走进一个院落，看不到柈子垛，那么这儿缺少生气。

我看到过柈子垛，有3米多长，1人多高。不管清苦的生活，富裕的生活，柈子垛是不能少的。柈子大多是硬柞木，木质坚实，碗口粗细。从山上砍的是落光叶子的杂树，人们叫它“干棒”，树身上的水分充足，劈起来困难，立在墙头风干一阵子。劈柈子是力气活，还要有技巧，不能拼蛮力，活出得不多，白忙乎。先用拐子锯，一截截地锯断“干棒”，然后拿长柄板斧，一根根地劈开。一根柈子，只需三板斧，劈成四块，大小均匀。搭柈子垛是细活，这是一家人的面子活，不能毛躁，必须耐住性子，摆得规规矩矩，不能毛躁让邻居笑话。搭柈子垛，选择堆放的地方，犹如盖房子和垒院墙一样重要。铺一层横柈子，再铺一层竖柈子，柈子搭得错落有致，不能有一点弯曲，

村口人家的柈子垛

采参人家的柈子垛

画得墨线一般直。搭好的柈子垛，要经历秋天冰冷的雨季，冬天呼啸的寒风的袭击，暴风雪的遮盖。在山区生活的老百姓有老观念，祖祖辈辈都围绕山生存，靠山吃山，靠水吃水，家家房前都有柈子垛，谁家少了柈子垛，谁家就不是正经过日子人家，听老一辈的人说，未有柈子垛的人家媳妇难找。山区人有个不成文的规矩，宁可粮油借给别人，柈子垛不能借。

柈子燃烧的炭香味，无论过去多久，走出多么远，淡淡的气味无法消失。

七十年代，姥爷下放符岩山区，四面环绕的群山，离国道有二十多里的山路，需要翻越两道山。村里几十户人家，没有一座砖瓦房。找不到一块煤炭，家家烧柈子，院院有柈子垛，有的人家拿柈子垛当墙使用。那时年纪小，天天听广播，上课学习毛主席著作。我还是不懂“下放”这个词的政治意义是什么，纯真是孩子的天性。姥爷家是三间泥土屋，进屋是“外屋地”，一个大锅台，一口矮矮墩墩的陶缸，这是每天做饭的厨房。左边的屋子是睡觉的地方，一对对箱摆在炕梢，花纸绷上，吊着的白炽灯，连灯罩也没有。墙上挂着大镜框，镶的是伟大领袖毛主席戴八角帽的画像。障子外边是淙淙流淌的溪水，柞木障子上，爬满开花的豆角秧，园子的角落有一大垛柈子。

第一次来到山村，对一切都怀有好奇。园子有树桩架起的阁楼，一条木台阶通往阁楼。我问姥爷：“这是干什么用的？”姥爷说：“秋天收的苞米怕潮湿，也怕耗子祸害了，都要堆在这里。”我推开仓房的门，阴暗不透风，里头没有电灯，我打开的门，一束阳光涌进来。一把长柄斧倚在墙边，斧刃被光晃得锃亮，姥爷用它劈柈子，木柄被手磨得光滑。土墙上挂着镰刀、绳子、铁丝、杆秤，堆放的杂物终日不见阳光，有一股霉土味。跑动的耗子，弄得哗哗响，吓得我退出去。

姥爷做饭的时候，抱柈子来。干柈子颜色有些陈旧，木刺依然坚硬，稍不注意，会扎破手指。姥爷家用的是铁锅，灶坑也大，木柈子填进去，引燃几张桦树皮，火苗燎动木柈子的声音，是那么的好听，流淌的溪水是它的和声。

离开山村四十多年了，迄今做饭我还是使用电磁炉、电饭锅，我闻不惯液化气刺鼻的气味。有时为了应酬，去火锅城，几个人围着火锅涮牛肉，酒杯精致，盛着让人兴奋的酒液。说些吹捧的话语，听无聊的人在说无聊的话。火锅中烧的酒精块，缺少柈子燃烧的气味。我想起山村姥爷家的大灶膛，一堆柈子熊熊地烧着，院子中的柈子垛，在大地上格外显眼。

十多年来，每次回家乡，我总是到乡下的大姐家，盘腿坐在土炕上，看院中的柈子垛，喜悦的感动抚遍我的身体。木柈子的色泽和气味，变得坚实和真诚，我感受它溢出来的是山野之气。

作者的祖母

记忆苏耗子

一个人无论走出多远，离开家乡多久，看到街头的东北菜馆，想起小时吃的东西，记忆中溢出食物的香味。

苏耗子和黏豆包不一样，也叫苏叶饽饽、苏叶干粮，是满族的面食。它的形状像耗子，外面裹一层苏子叶，习惯叫苏耗子。我喜欢苏子叶味，吃完嘴里有余香。朝鲜族拿苏子叶做咸菜，鲜苏子叶拿盐腌后，用清水洗去盐味，姜、蒜、辣椒搓在一起。

姥姥家在山区，后山坡种大片的苞米，还有上架的豆角，地头长很多的苏子。暑假结束了，舅舅们马上开学了，姥姥送我回家，她知道我母亲爱吃苏子叶。姥姥起得早，走出家门未几步，被山中的雾吞噬了。姥姥爬上山坡，挎着土篮子在苏子棵中专捡肥嫩、没有虫子眼的苏子叶摘。我对清晨的菜地极感兴趣，鸟叫声清亮，看不清它在哪儿。人划动雾，不时地

《冬天包豆包讲鬼怪》，剪纸：郭金玲

低头看路，免得踩不稳摔跟头。走出不多远，雾打湿脸和头发，眼睛上的“刺猫乎”就没了，裤子湿乎乎地贴皮肤上。我们坐一上午的车，回到延吉的家中，拿出的苏子叶，还有露水的潮气。姥姥带来的苏子叶新鲜，腌咸菜剩下的包苏耗子。

苏耗子工序繁杂，提前浸泡小黄米，第二天去石磨碾面。碾好的水面子，稀拉巴叽的不能马上使，烧的秫秸灰包在屉布中，放到水面子上吸干水分。这种做法比较传统，是老一辈人的做法，苏耗子筋道，又甜丝丝的。我讨厌烀豆馅这个活，大灶坑离不开人，必须不停地摇风匣。锅里的水淹没豆子，撒上糖精，火不能太急，一点点地熬干。我家的木锅盖用得年头多了，透风露气的盖不严实，母亲拿抹布塞紧四周。红豆烀烂，整粒的豆子拿铲子一下下地捣成糊状。新烀的豆馅香气扑鼻，我一边整碎，一边往嘴里吃，蒸好的苏耗子，我就不太愿意吃了。第四粮店在加工点旁边，门前垛着油渍渍的油桶，一条路上人来人往，买粮的人肩扛粮食，也有自行车推面袋子的。掐面子不是累活，一步离不开，掐面子排出长队，装满米的大盆，一个个地往前移。掐面机的进口是一方形的漏斗，小黄米从上投入，两个滚子不住地转动。整粒的米碾成面子，下头是长方形的铁皮槽子，槽子是活动的，加工一位换槽子，里面的粉子就是谁家的了。面子自己倒进盆子，用撮子一下下地铲进，大人们在一旁唠嗑，孩子们玩踢毽子，打啪叽，弹琉璃。一盆小黄米有时等一上午。包苏耗子容易，和好的小黄米面揪成剂子，皮擀得大小匀乎。包好的苏耗子，裹上蘸少许油的苏子叶，上屉开始蒸，十几分钟后可以出锅了。

蒸苏耗子的时候，奶奶手不住闲地说老事，口头传授的民间故事，不是文字所相比的了的。奶奶不识字，她是从祖辈听说来的，又传给我们这一代。奶奶讲的《聪明媳妇劝夫勤劳的故事》，使我们知道苏耗子的来历。奶奶说话的语气，香气缭绕的苏耗子在我的记忆中，它是那么重要。我每次回到家乡到风味小摊上，吃一回苏耗子，回想童年的情景。看着摊主的一举一动，盆中的红豆馅和小黄米皮，想起奶奶讲的传说。现在不掐面子了，超市里有各种包装的江米面，小黄米面用起来方便，不必像小时那样，为了黄米面子走出很远，但我总觉得缺少什么。

在姥姥家的地里摘苏子叶，从未听说过它还有什么用处。关于植物的知识，我贫乏得可怜，打电话问父亲苏耗子还有哪些用法，苏叶有几种。父亲说苏子叶叫“紫苏”是中药，“紫苏，别名赤苏、红苏、黑苏、红紫苏、皱紫苏等。为唇形科紫苏属植物紫苏的带叶嫩枝。以茎、叶及子实入药。叶又称苏叶，解表，子又称苏子、黑苏子、赤苏子，是苏子降气汤的重要成分。散寒解表，理气宽中。主治感冒发热，怕冷，无汗，胸闷，咳嗽，解蟹中毒引起的腹痛、腹泻、呕吐等症。”我在网上查到“紫苏”，我原来是不知道苏子是中药，和人有这么近的关系，苏耗子包含文化，这是我绝未想到的。

滨州见不到苏子叶，城市中开了多家的东北饭馆，市场有卖东北粉条、木耳、蘑菇、大米、瓜子、豆瓣酱，就是不卖苏耗子。是人们吃不惯口味，还是这里的土地不长，我闹不明白。

好东西吃多了，我的嘴变尖馋，每一次吃到苏耗子，不如童年吃的有滋有味。

烟囱安在山墙外

烟囱安在房子外，这是东北一大怪，东北的烟囱，满语称作呼兰，民间称为“跨海烟囱”、“落地烟囱”也有一种说法叫“釜台”。

清朝乾隆皇帝爱新觉罗·弘历，东巡时来到吉林，看到烟囱后作了《呼兰》一诗，引文中形象地概述东北烟囱的特点：“因木之中空者，刳使直达，截成孤柱树檐外，引炕烟出之。上覆荆筐，而虚其旁窍以出烟，雨雪不能入，比室皆然。”木烟囱在东北是普通的东西，烟囱安在山墙外，根本不是“稀罕”的东西。东北多山多木柴，家家烧木柈子，不烧煤炭，再说东北不是草房就是木头房，烟囱安在房子外，这也是安全的办法。

2007 年，二叔陪我去看天宝山，经过狐仙堂时，我让好友停下车，走进这个屯子里。九狐洞是一座山的名字，那山看不出特别的地方，仿佛扣在大地上的农家粗瓷大碗。山下的那个村庄叫狐仙堂，后来不知哪个年代，

《烟囱安在山墙外》，剪纸：郭金玲

人们把“狐仙堂”的狐字改写成姓胡的胡字。是因为政治运动，还是什么原因我无法考证。我坚信村名肯定和山有血脉般的相连。我站在村口，看着朴真的山村，在想象“九狐”的传说，这个故事不可能有惊心动魄的事情，想象中的九只美丽的狐狸是山里的精灵，用聪明的才智，守护这方土地和乡民。它们的眼睛被露水擦洗过，水灵灵地注视远方，它分得清善与恶、美与丑。

我走进村庄。

一条不宽的土路落着枯叶、草棍，路边能见到拱出地面的野菜，两旁是齐肩高的柞木障子，围成一个个院子。障子是北方乡村的独特的景观，粗硬的柞木敲上去发出铿锵的响声，它能抵挡冬日的暴风骤雪，也能抗住山里野牲口的侵袭，保住一家人平稳地生活。夏日院子里种满青菜，开花的豆角秧攀伏障子上，招来无数的蜻蜓、蝴蝶，使农家小院充满温情。柞木的颜色灰旧，行走幽深的小路里，犹如在记忆中行走，回到久远的时代。木障子，泥土屋，带有神秘色彩的山名，这里的情景，使人强烈地感受山野的气息，人贴近山的怀抱。木障子是粗细差不多的柞木杆子，间距很大，长长的障子很少动钉子，障子根部埋在土地上，中间横带是铁丝捆绑。

让我止住脚步，印象深刻的是前面的空院落。

这是典型的农家小院，斜面的屋顶铺盖稻草，泥土墙刷成白色的墙，这种旧式的房子很少有了。房顶的稻草为了防止风吹雨淋，拿草绳子拉扯方形的网格，烟囱是一棵掏空的树，烟熏火燎变黑。除了门和窗子上的玻璃，涂得油漆是外来的东西，整个房子的材料和山与土地分不开。房屋的主人离开久了，树做的烟囱，裂开一条大缝隙，西面的山墙墙皮脱落，露出里面的土坯。窗上没有一块玻璃，空洞洞的框子，仿佛胆小的孩子，听了太多的“瞎话”，不敢独自待在家，蹲在门口，等待外出的大人归来。春天正是农人最忙的季节，而这个院落的空地，长着枯干的野草。

推开破败的木门，进入院落里，我在墙角发现残破的水缸，水缸中久未盛水，积满吹落的尘土和几枚枯黄的树叶。我盯注窗口，不想进前看房子里的情况，这些痕迹让我这个陌生的人，有了很多的思想。当初的家一定温馨，男女主人过着安静的日子，生儿育子，春种秋收。他们的儿女是听传说长大的，这片土地给了他们物质的生活，也赋予他们精神的血脉。而今天，长大的儿女们不愿再守孤山草屋，到外面寻找精彩去了。父辈们用心血搭起的屋子被遗弃了，日子长了，无人烟的屋子坍塌。真实的泥土草屋不值得年轻一代留恋，城市中林立的高楼，才是他们理想的居所。

人去屋空，田园荒废，九狐洞和传说还在土地上流传。过多少年后，这间泥土草屋会消失。山还在，传说也将流传下去了。

“烟囱也，相木之窍穴者，截如柱，树土炕外，引烟爨出之。复以筐，以避雨雪，若巨表然。”[①] 烟囱是温暖的火盆，烘烤人心。2008 年 6 月，我在高维春的陪同下，来到边境小镇三合，走进江域，沿土路向屯子中走，看到一座朝鲜族的院子。白墙皮，褪色的稻草顶，柞木障子围成的四合院，充满家的气氛。一根枯树做的烟囱，立在山墙头上，烟囱是屯子中的眼睛，眺望归家的人，它诉说岁月中的事情，缭绕的炊烟有一股依恋，劳累的人看到它踏实了。

我的目光被烟囱吸引住了，来到烟囱前，我很久没有近距离观看它了。东北的烟囱和生存紧密相连，延边是多民族居住地区，无论是满族、汉族和朝鲜族，他们的烟囱安在山墙边，这和地域与人们居室设置分不开的。冬天西伯利亚的寒流，吹动大雪纷扬，人们更多地依靠火炕取暖。土炕是生存的重要地方，在不大的面积上，人们有了欢乐，有了痛苦，有了繁衍生息的一代代人。大灶坑燃起的火变为热能穿越炕洞，烟顺洞跑出去，烟囱安在山墙边，延长烟火的走向，让更多的热留于炕中。

朝鲜族的住房，也是烟囱安在山墙外边，他们的住房是秫秸和黄泥结构，烟囱是木板做成的方筒烟囱，立于地面，烟脖子置于地下，还有的人

---

① 高士奇著：《扈从东巡日录》，第 120 页，长春：吉林文史出版社，1986 年版。

家用枯死的树，掏空心做烟囱。记得小时候，我家在城市里烧的是煤，使用的是带箅子的灶，灶炕下有落煤灰的池子，隔几天掏一次。因为是小灰，细细的没有粗颗粒，铁箅子上的是大灰，煤经过高温的燃烧，乱糟糟的扭成一团，样子丑陋不好看。姥姥家在山区，满山遍野是烧材，家家灶坑是落地灶，烧的是木柈子，烧透可以装火盆。煤烟味和木炭香不能相比的，我不喜欢烟囱，阴天下雨，气压低的时候，烟不走正道，伸出阴辣的舌头，在屋子里乱窜，炕沿冒出黄烟。门窗敞开放烟气，不管雨多大，我戴一顶草帽，要不就顶一个大盆，冒雨到烟囱根，扒开活动的砖，点一堆废报纸顶出潮气。我听老人们说过烟囱的传说："烟囱的底部是这家祖先亡灵的栖息之处，当老人故去七天，家人如想见其足迹，便取小灰撒于烟囱底部，并用大碗盛上水放置烟囱通道上。第二天早上，其灰上若有老人的足迹，水也被老人喝去了一些，这表示老人想念家人，回来看望过了，于是，全家人很高兴。因而民间又把烟囱称为'望乡台'"传说终归是传说，口口相传，没有什么正史的记录，但老百姓信这个。

我父亲有一个朋友是山东人，来到东北多年，孩子都很大了，还说一口胶东话。他是天宝山矿报和有线广播的主编，一辈子和文字打交道，离休后写了一本《老矿春秋》的矿史。书寄来的那天，牛皮纸的信封破损，染满旅途的疲惫。我拆开邮包，书封面的照片，只看一眼，我就认出那地方。他家离我姥姥家不远，我出门玩的时候，必须经过他家的门口。他拍这张照片时，肯定是在后山顶向下俯拍。后山我上去过，有一天，我和三舅攀登通向山顶的小路，漫无边际的苞米地，中间的土路高低不平。走在这条路上，刀一样的苞米叶子，不时掠过身上，刮在脸上生疼。一群乌鸦黑压压地过来，噢叫着从头顶飞去，声音给寂静的山野，笼罩一层神秘的影子。爬到半山腰，我一屁股坐在地上，累得气喘吁吁，不肯再往前走一步。我从来都是从山下向山上眺望，不是站在山头朝下看，我被那种感觉纠缠摆脱不了。

一排排工房，密密的烟囱，一缕缕炊烟送走了岁月，送走了人。黑洞洞的烟囱口，寂寞地等待，向天空诉说日子里的事情。我似乎看到童年，在胡同中和小伙伴们在藏猫乎，玩跳皮筋，一边跳，一边唱：“小皮球真美丽，马莲开花二十一，二五六，二五七，二八二九三十一……”男孩子一般不玩跳皮筋，只有女孩子才跳。我坐在姥姥家的木柈子垛上，看她们跳，辫子上扎的红蝴蝶结，一上一下飘飞起来。

我将继续，我将行走（后记）

写完最后一个字，正值黄昏时分，面对窗子，没有激动和喜悦。写书时的冲动，日夜纠缠在史料中，茫茫无边寻踪找迹的痛苦，化作回忆的幸福。痛苦和快乐，永远是一对孪生的兄弟，它们伴随人的一生。

1962 年，冬天多雪的日子，我出生在叫榛柴沟的地方，周围是山连山，我第一次远游的目光，是这无边的山里。2012 年 12 月，是我五十岁的生日，在这个时间里，我写完这本书是献给我父母的礼物，也是送给自己生日的问候。

延边地处长白山区，旧时称作东满，留下很多古渤海国和满族发祥的遗迹。特殊的地理环境，积淀厚重的满族文化。敦化是渤海国的开国都城，都城迁走后，又称为旧国，是清皇室爱新觉罗家族的发祥地，有千年古都之称。

遗下的建筑、古城墙，历史上盛产的东珠，恰恰是这些残留于个人记忆中的生活具象，才能钩沉缝补起抽象缥缈的“历史”概念。

我在山中行走的日子，现在不仅是回忆，对于我的写作是新的开始，犹如古道上的驿站，我将继续行走，寻找历史的真实。这是我的第一本集中表现东北地缘文化的书，每一张老照片，呈现历史的踪影。任何发生的事情有其历史的踪迹，并不是什么人，什么事都能进入历史的轨迹，与地缘构成历史的宏图大卷。我们将碎片和一个人的事迹钩沉出来，重新恢复和整合，历史的真实，向我们讲述不同的东西。

这些文字是后记，也是新一本书的序幕，我将继续，我将行走。

高维生

2012 年 12 月 1 日于抱书斋